Bianca

D1545799

FURIA Y DESEO
ANNE MATHER

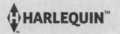

Editado por Harlequin Ibérica.
Una división de HarperCollins Ibérica, S.A.
Núñez de Balboa, 56
28001 Madrid

© 2016 Anne Mather
© 2016 Harlequin Ibérica, una división de HarperCollins Ibérica, S.A.
Furia y deseo, n.º 2491 - 7.9.16
Título original: Morelli's Mistress
Publicada originalmente por Mills & Boon®, Ltd., Londres.

I.S.B.N.: 978-84-687-8450-2
Depósito legal: M-23165-2016
Impresión en CPI (Barcelona)
Fecha impresion para Argentina: 6.3.17
Distribuidor exclusivo para España: LOGISTA
Distribuidores para México: CODIPLYRSA y Despacho Flores
Distribuidores para Argentina: Interior, DGP, S.A. Alvarado 2118.
Cap. Fed./Buenos Aires y Gran Buenos Aires, VACCARO HNOS.

Prólogo

LUKE reparó en ella nada más entrar en la vinatería.

Estaba sentada en un taburete delante de la barra, con una copa de cóctel en la mano que llevaba rodajas de frutas incrustadas en el borde y una pequeña sombrilla de papel.

No había bebido mucho de la copa. Parecía estar sin más allí, sentada, contemplando un espacio vacío, sin prestar atención a las voces altas y a la música aún más alta que llenaba la sala atestada de gente.

–¡Vaya, tío! ¡Está muy buena!

Ray Carpenter, que había entrado en el bar detrás de Luke, vio lo que llamaba la atención de su amigo.

–¿Estará sola? –preguntó, pasándole un brazo por encima–. No creo. Es demasiado guapa.

–¿Tú crees?

No le apetecía tener aquella conversación. Ojalá Ray no estuviera allí, pero es que habían estado dando los toques finales a su último proyecto y no habría quedado bien no aceptar su invitación a tomar una copa.

Justo en aquel momento, la chica se volvió y los

miró. O al menos eso creyó Luke. Y durante un instante que le paró el corazón, simplemente se miraron. Entonces Luke se deshizo del brazo de Ray y se acercó a ella.

Era guapa y bastante alta, a juzgar por sus piernas, largas y delgadas, cruzadas a la altura de la rodilla. Su rostro era ovalado, tenía una nariz preciosa y una boca con la que la mayoría de las chicas solo se atreverían a soñar. Su pelo era muy rubio y llevaba un chal de gasa sobre una camiseta negra, minifalda roja, medias negras y tacones altos, uno de los cuales colgaba de un pie que se movía tentadoramente.

—Hola —le dijo, llegando a su lado—. ¿Puedo invitarte a una copa?

La chica, que había vuelto a mirar la sala, levantó la copa que tenía en la mano sin mirarlo.

—Ya tengo una.

—Vale.

Ojalá hubiera un taburete libre en el que quedarse.

—¿Estás sola?

Desde luego no era la pregunta más original del mundo y la chica lo miró, seria.

—No. He venido con ellas —dijo, señalando un grupo de mujeres que bailaban en la pequeña pista—. Es una despedida de soltera.

—¿Y no te apetece bailar?

—No —cambió de lado la sombrillita de la copa y tomó un sorbo—. No bailo.

—¿No bailas, o no te apetece?

—No estoy de humor para bailar. Mira, ¿por qué

no intentas hablar con otra? Yo no soy buena compañía esta noche –hizo una mueca–. Pregúntaselo a la novia si quieres. Soy la aburrida de la fiesta.

Luke hizo una mueca.

–Si tú lo dices... –levantó una mano para pedir una cerveza para él y un mojito para Ray–. Es para aquel hombre de allí –le dijo al camarero. Su amigo parecía haber encontrado compañía. Cuando le sirvieron la cerveza, se bebió medio botellín de un trago–. Ah... lo necesitaba.

La chica no contestó, pero el tío que estaba sentado en el taburete de al lado lanzó un sonoro eructo y se levantó.

–¿Te importa? –preguntó Luke, señalando el sitio vacío.

–Estamos en un país libre.

Sonrió, y se sorprendió al ver que ella le devolvía la sonrisa.

–¿Estás segura de que no quieres otra copa?

–Bueno... un vino blanco quizás –dijo, dejando a un lado su cóctel, y Luke reparó en que llevaba anillo en la mano izquierda, pero en el dedo corazón–. Liz me lo ha pedido, pero la verdad es que no me gusta mucho.

–¿Quién es Liz?

–La futura novia. Es la que lleva las orejas de conejo y el tutú encima del pantalón.

Luke hizo una mueca.

–¿Cómo no verla? –el camarero se acercó y le pidió dos copas de chardonnay–. Por cierto, soy Luke Morelli. ¿Cómo te llamas?

–A... Annabel –respondió tras una breve duda. Quizás iba a decir algo más. Tomó un sorbo de vino–. Mm... qué rico.

Luke pensaba lo mismo, pero no de su cerveza. Hacía meses que no sentía una atracción tan inmediata hacia una chica. A las mujeres que conocía en el trabajo les interesaba tanto el saldo de su cuenta bancaria como lo que llevaba dentro de los pantalones.

–Háblame de ti –le dijo–. ¿Trabajas en Londres?

–Me dedico a la investigación. En la universidad. ¿Y tú? –preguntó ella, examinando con más detenimiento su traje azul marino y la camisa del mismo color. Se había quitado la corbata–. ¿Trabajas en Bolsa? Lo parece.

–Trabajo para la administración local –respondió, amparándose en que su último encargo era construir un edificio de oficinas para el ayuntamiento–. Siento desilusionarte.

–No, qué va –sonrió–. No me desilusionas. Es más bien un alivio. Hay mucha gente que piensa que lo de la Bolsa es casi terreno sagrado.

–Yo no.

–¿Y qué te gusta hacer cuando no estás trabajando?

Durante un ratito estuvieron discutiendo sobre los méritos de practicar deporte por encima de ir al teatro. En realidad a Luke le gustaban las dos cosas, pero resultaba más divertido polemizar.

Cuando el resto de las chicas de la fiesta habían bebido ya bastante, estaban cansadas de bailar y decidieron acercarse a ver qué hacía, Abby se llevó casi una desilusión. Estaba disfrutando por primera vez desde hacía un montón de tiempo. Salía muy poco, a menos que Harry necesitase conductor.

Harry y ella se habían conocido en la boda de una amiga, y cuando empezaron a salir, ella se sintió la chica más afortunada del mundo. Harry la hacía sentirse especial, la malcriaba con regalos caros, cuidaba de ella de un modo que, siendo hija de madre soltera, nunca había experimentado antes.

Pero cuando se casaron, las cosas empezaron a cambiar. El carácter que adoptaba cuando había otras personas presentes, particularmente su madre, era completamente distinto al que de verdad era el suyo propio.

Había aprendido, casi desde el principio, a no preguntar nunca dónde estaba. Seguramente veía a otras mujeres, pero cuando por fin se decidió a cometer la estupidez de preguntarle por ello, le montó una bronca de mil demonios.

Sabía que debía divorciarse. Se había dicho en más de una ocasión que si alguna vez llegaba a ponerle la mano encima, lo dejaría. Pero inesperadamente, dos años atrás, su madre cayó enferma.

Annabel Lacey se puso tan enferma que necesitaba cuidados médicos veinticuatro horas al día, que solo en un lugar profesional podían proporcionarle, y que solo Harry, con su salario de corredor de Bolsa, podía pagar. Y Abby supo entonces que, hasta que su madre se recuperara, su vida quedaría en suspenso.

–Nos vamos –anunció Liz Phillips, devolviéndola al presente–. ¿Quién es?

–Eh... es Luke –murmuró, mientras él se levantaba educadamente de su taburete.

–Encantado.

–Lo mismo digo –contestó Liz, dedicándole una miradita–. Nos vamos al Blue Parrot. ¿Os venís?

–Eh... no, yo creo que no –respondió Abby, poniéndose de pie y bajándose la falda que se le había subido–. Si no te importa, creo que me voy a casa.

Liz miró a Luke sin poder evitarlo.

–No te culpo –dijo, y una de las chicas la empujó para que se pusiera en movimiento–. ¡Es muy guapo!

–¡Liz! –protestó Abby, avergonzada, pero ella no la oyó.

–Hola. Soy Amanda –dijo otra de las chicas–. No me extraña que haya querido tenerte solo para ella.

–¡Pero qué dices! –volvió a protestar, mirando a Luke consternada–. Si acabamos de encontrarnos.

–Lo que quiere decir es que no sabía que iba a venir –corrigió Luke–. Pero dadas las circunstancias, seguro que entenderéis que la acompañe a casa.

–Claro, claro. Qué suerte, Abs –replicó con una sonrisa–. Pero si alguna vez necesitas un hombro en el que llorar...

–No lo olvidaré –contestó Luke, sin hacer caso de la cara de Abby, y tras unas cuantas pullas más de las otras integrantes del grupo, se marcharon.

–¿Por qué les has hecho creer que estábamos

juntos? —espetó ella en cuanto se alejaron, y se agachó a recoger su bolso—. No nos conocemos.

—Eso puede remediarse —replicó él, mientras la ayudaba a desenganchar de la pata del taburete el asa del bolso. Sus manos se rozaron y Abby sintió una descarga eléctrica subirle por el brazo—. Te llevo a casa. Es lo menos que puedo hacer.

—¿Y si tengo coche?

—¿Lo tienes?

—No.

—Entonces, ¿por qué estamos discutiendo? Te juro que no soy ni un ladrón ni un pervertido.

—¿Y tengo que fiarme de ti?

Abby lo miró a los ojos. Liz tenía razón. Era muy guapo. Alto, delgado y fibroso, pelo oscuro y piel morena, con unos curiosos ojos castaños que la medían en aquel momento divertidos.

—Puedes preguntarle a mi amigo —dijo, señalando a otro tío que había un poco más allá.

—Que me va a decir lo contrario, ¿verdad? —vaticinó, pero encogiéndose de hombros como quien no quiere llevarle la contraria al destino, añadió: —Vale. Voy por el abrigo.

—Dame la ficha y yo lo recojo —dijo él.

Y Abby, que había pensado escabullirse por la puerta de atrás, respiró hondo.

Capítulo 1

SACÓ del horno la última bandeja de magdalenas de arándanos y respiró su delicioso olor al dejarla sobre la encimera.

Las pasó a otra bandeja para que se enfriaran y revisó la cafetera para asegurarse de que la habían llenado de agua. Los rollitos de canela que había preparado antes ya estaban listos para pasarlos a una cesta.

Aún tenía que preparar los cuencos con la mermelada, pero las jarritas para la leche podían esperar a que llegase el primer cliente del día.

Tenía que meter en el horno las *cupcakes*, que ya esperaban preparadas. ¿Desde cuándo le gustaba tanto lo de la repostería? Desde luego, mientras estuvo casada con Harry, no. Eso, seguro. En aquella época se pasaba hasta el último minuto del día trabajando, ahorrando para el momento en que tuviera que ocuparse de su madre ella sola.

Desgraciadamente ese día no había llegado.

Suspiró.

Pero al mirar a su alrededor, sintió una agradable sensación de satisfacción. El pequeño café, con la pequeña librería que había introducido, era todo lo que había pretendido. A su madre le habría encantado, pero había muerto de una enfermedad neuronal dos años después de entrar en la residencia.

Abby había descubierto aquel pequeño café en Internet, antes propiedad de dos hermanas que ya se habían jubilado. Hasta entonces, la idea de marcharse de Londres había sido solo una quimera; pero aquel café en Ashford-St-James estaba disponible y había sido una inspiración. Y cuando supo que, además, podía alojarse en él, no se lo pensó, y cuando el divorcio de Harry concluyó, se compró una botella de pinot noir y se montó una fiesta privada en el minúsculo estudio en el que vivía desde su separación, junto con Harley, el golden retriever de su madre. Poco después, Harley y ella se mudaban a aquel pequeño pueblo de Wiltshire.

El café por sí solo no generaba muchos ingresos, y por eso precisamente había decidido añadir una pequeña librería, de manera que la gente mayor que habitaba en Ashford-St-James y que constituía el grueso de su población le resultase más fácil ir a tomar un café y hojear los libros allí.

En los últimos cuatro años se había ganado bastante bien la vida de ese modo, y era más feliz de lo que lo había sido desde antes de casarse. Harley y ella se llevaban bien.

Sus amigos de Londres creían que era una locura haberse ido a aquel agujero, pero después de trabajar todas las horas del mundo en el Departamento de Inglés de la universidad, apreciaba las bondades de ser su propia jefa. Podía decidir su horario y nadie la espiaba por encima del hombro para ver si hacía mal o bien su trabajo.

Una joven madre que vivía en el pueblo y quería un empleo que pudiera encajar con las necesidades de su niña de seis años, trabajaba con ella, pero Lori no llegaba hasta las nueve, después de haber dejado a su hija en el colegio. El café estaba tranquilo a aquella horas, de modo que se acercó a la zona de librería y se entretuvo colocando los ejemplares que estaban fuera de sitio.

La paz se interrumpió cuando alguien llamó a la puerta de fuera. Miró el reloj. Apenas eran las siete, y no abría hasta y media.

Tenía que tratarse de una urgencia, aunque no se le ocurría qué podía ser, a menos que Harley hubiera descubierto el modo de escaparse del piso de arriba y lo hubieran encontrado dándose un garbeo por la carretera.

¡Eso sí que sería una emergencia!

Luke Morelli salió del apartamento que su novia tenía en un semisótano y subió la escalera a la calle. Hacía frío en Grosvenor Mews, pero respiró hondo y aliviado. No le había mentido a la joven con la que llevaba viéndose un par de semanas al decirle que tenía reuniones durante toda la mañana, y que por lo tanto no iba a poder llevarla a la sesión fotográfica que tenía en Bournemouth. Además, su relación estaba empezando a ponerse demasiado seria para su gusto. No solía ir más allá de un par de semanas en sus relaciones. Si se ponía filosófico podía achacarlo a que su madre abandonó a su padre cuando él era apenas un crío. Oliver Morelli quedó destrozado, y Luke se juró no correr nunca esa misma suerte.

Salió de Mews y tomó la cuesta. El aire olía a primavera, la temperatura era estupenda y decidió caminar un poco antes de irse a trabajar. Las oficinas centrales de Morelli Corporation estaban en Canary Wharf, en la Jacob Tower, muy lejos ya de la caja de cerillas de Covent Garden donde Ray Carpenter y él abrieron su primera oficina. Hacía mucho ya que Ray se había marchado con su parte del negocio a Australia. Al parecer le iba bastante bien, pero según le había dicho él mismo no sin cierta envidia, no jugaban en la misma liga.

Sus oficinas estaban en el ático, donde poseía un pequeño apartamento en el que quedarse de vez en cuando. También era dueño de una elegante casa en Belgrave, una bonita propiedad georgiana en la que había invertido antes de que los inmuebles en Londres decayeran.

Tras la reunión del consejo de administración le dijo a su secretaria que iba a estar fuera el resto del día:

—Voy a acercarme a Wiltshire, a echarle un vistazo a esas propiedades de Ashford-St-James. Y aprovecharé para ir a ver a mi padre. No he vuelto a verlo desde que murió Gifford. Estaré de vuelta mañana, Angélica.

–Muy bien, señor Morelli.

Abby se acercó a la puerta de cristal, que recientemente y siguiendo el consejo de la policía, había reforzado con una reja exterior. Pero aun así pudo ver de quién se trataba: era Greg Hughes.

Greg era el dueño del estudio fotográfico vecino a su café. Seguramente un día debió ser un negocio floreciente, pero en la actualidad, con tanto aficionado a la fotografía y cámaras en todos los móviles, no se explicaba cómo podía seguir ganándose la vida.

Greg no le caía bien. Había intentado ser amable con él, pero enseguida se dio cuenta de que era un cotilla que quería conocer todos los detalles de su vida. A Harley tampoco le gustaba. Gruñía en cuanto estaba cerca.

–¿Greg? ¿Ocurre algo?

–¡Pues claro que ocurre! –declaró, irritado–. ¿Es que no has abierto aún el correo?

Abby frunció el ceño.

–Aún no ha llegado –respondió, sintiéndose obligada a abrirle la puerta. El aliento le olía mucho a ajo y resultaba muy desagradable a aquellas horas de la mañana.

–Por lo menos habrás leído el de ayer, ¿no? Yo no vine ayer por aquí. Estaba en una feria de artesanía, y no me he molestado en mirar el correo hasta esta mañana.

Abby suspiró. No quiso decirle que no se había dado cuenta de que su tienda estaba cerrada. Tenía tan pocos clientes que era difícil averiguar cuándo estaba abierta y cuándo no.

–Pues no. ¿Quieres tomar un café?

–Sí, gracias.

Greg se acomodó por su cuenta en una de las mesas de la ventana y esperó a que Abby le llevase el café. Una vez hubo añadido crema y azúcar a su gusto, continuó:

–Entonces no te habrás enterado de que el viejo Gifford ha muerto y su hijo le va a vender esta fila de casas a un agente inmobiliario.

Abby se quedó boquiabierta.

–¡No! ¿Y cuándo ha fallecido? ¿Por qué no nos han informado?

–Hace poco, según parece. ¡Yo lo vi hace unos tres meses por el pueblo!

–¿Y puede hacerlo? Tenemos un contrato de alquiler.

–¿Cuándo expira el tuyo?

–Mm... en unos seis meses. Pero esperaba poder renovarlo.

–Como todos. Pero no va a ocurrir.

Abby sintió que se le paraba el corazón.

–¡No es solo mi negocio! También es mi casa.

–¡Qué me vas a contar! –Greg tomó un trago largo de su café–. ¡Um! Está delicioso.

Abby no se podía creer lo que estaba pasando.

–¿Y qué podemos hacer?

–Aún no lo tengo muy claro. Creo que lo primero es hablar con los otros comerciantes. Supongo que podríamos ponernos en contacto con Martin Gifford y preguntarle si consideraría una subida del alquiler en lugar de una venta.

–¿Crees que aceptaría?

–No –espetó con una mueca–. Es tan poco probable como que el constructor retire la oferta.

Greg se acabó el café y empujó la taza hacia ella, pero si esperaba que le sirviera otro, iba listo. Abby ya estaba perdida en sus pensamientos de conservar lo poco que tenía. Era muy poco probable que el hijo del señor Gifford le pagase las mejoras que había hecho en el café si lo que pretendía era demolerlo.

–¿Y sabes quiénes son los constructores?

–¿Por qué? ¿De verdad piensas apelar a su buen corazón?

–Claro que no –respondió, impaciente–. Es pura curiosidad. Ashford-St-James no es precisamente una ciudad rebosante de vida industrial.

–No, pero le hace falta un supermercado decente. Según el abogado que ha escrito la carta, el plan es construir un bloque de apartamentos de alquiler encima de un supermercado.

Abby respiró hondo.

–A lo mejor nos ofrecen un alquiler más económico en el edificio nuevo.

–Yo no lo necesito –respondió–. Me compré un pequeño chalé cuando estaban baratos –se detuvo–. Y tú puedes quedarte conmigo hasta que encuentres algo, Abby. Dudo que puedas permitirte los alquileres que los Morelli esos pensarán cobrar.

–¿Morelli, has dicho?

La respiración se le había quedado congelada.

–Sí –Greg frunció el ceño–. ¿Los conoces?

–Conozco a uno de ellos –respondió, con el estómago revuelto. Y junto a la náusea le llegó un pensamiento: ¿sabría Luke Morelli que ella era una de las inquilinas de esas propiedades? ¿Sería un modo de cobrarse venganza?

Abby estaba despierta, mirando fijamente la luz de las farolas de la calle que se filtraba por las cortinas de la ventana. Harry roncaba tranquilamente a su lado, tras haber completado su ritual de dominación masculina como solía. Aun así, no se esperaba tanta ira. Sabía dónde iba y con quién iba a estar, pero aun así se las había arreglado para estropearle la noche al volver a casa.

Apenas puso un pie en el salón, le reveló su mal humor:

–¿Dónde demonios has estado? –espetó, tirando de la correa del bolso que ella llevaba al hombro, lo cual la desequilibró un poco.

–Ya sabes dónde he estado –respondió, intentando que no viera lo que la había sorprendido–. Era la despedida de soltera de Liz. Tú mismo me dijiste que fuera.

–Solo porque no quería que tu madre volviera a darme la lata porque no te hago caso –espetó, acercándose a ella–. Hueles a alcohol. ¿Cuántas copas te has tomado?

–Solo una –respondió. El cóctel apenas lo había probado–. Un vino. Con eso no tienes tú ni para empezar, ¿verdad?

A punto estuvo de que la mano que Harry levantó impactara en su cara.

–¡A mí no me hables así! –bramó, y Abby se preguntó cuánto tiempo más iba a ser capaz de vivir así–. ¡Te he hecho una pregunta civilizada y quiero una respuesta civilizada! ¿O prefieres que tu mami se entere de lo desagradecida que eres?

Abby había apartado el bolso. Su madre estaba demasiado enferma para que la preocupara con sus problemas. Y Harry lo sabía. Por eso utilizaba la fragilidad de su madre para salirse con la suya.

En cualquier caso, era absurdo intentar hacerle razonar estando así. Y la verdad: se había sentido culpable. No debería haber permitido que Luke Morelli la llevara a casa.

¡Pero no había hecho nada malo! Y había sido tan agradable hablar con un hombre que para variar parecía disfrutar de su compañía. Que no la trataba como si fuera su sirvienta, o aún peor.

–¿Dónde habéis estado?

Abby se iba ya hacia el dormitorio, pero debería haberse imaginado que Harry no había terminado aún.

–A Parker House. Te lo dije antes de irme.

–¿A ningún sitio más?

–Eh... no.

Dudar fue un error.

–Así que habéis ido a otro sitio y no ibas a contármelo –saltó como un rayo–. ¿Por qué?

–Yo no he ido a ningún otro sitio. Las otras querían ir al Blue Parrot, pero yo no he querido.

–¿Por qué? ¿Habías encontrado a alguien más interesante en Parker House? –sus ojos la miraban intensamente–. Si has estado con otro hombre...

–No he estado con nadie –respondió, aunque sintió que temblaba–. Estaba cansada. Eso es todo. Quería venir a casa.

–¿Y cómo has venido? Creía que habíais alquilado un minibús.

–Y lo alquilaron. Yo he... vuelto en taxi.

–Buena idea –Harry la agarró por las muñecas para abrazarla. El aliento le olía sospechosamente dulce–. Yo también estoy cansado, nena –musitó, aplastándole los pechos–. ¿Qué te parece si nos vamos los dos a la cama?

Luke Morelli se quedó mirando la pantalla de su portátil donde aparecía la lista de todas las universidades de Londres.

Dios, había muchas. Y no tenía ni idea de a qué clase de investigación se dedicaba la chica que estaba buscando.

Había pasado ya más de una semana desde que llevó a Annabel a su casa, y no sabía por qué, pero no era capaz de quitársela de la cabeza, y le fastidiaba un montón. Le había dado su número, pero no lo había llamado.

Solo sabía de ella que trabajaba en una universidad y que se llamaba Annabel, aunque tampoco estaba seguro de eso. Las otras chicas la llamaban Abs, lo que era un diminutivo de Abigail. O Abby, si quería confundirlo todo un poco más. Sabía en qué bloque la había dejado, pero debía haber por lo menos cuarenta apartamentos allí y no sabía su apellido. Por otro lado, no le parecía la clase de chica que frecuentaba los bares de forma regular.

Suspiró. En realidad no sabía qué había en ella que le llamaba tan poderosamente la atención. Era una chica atractiva, sí; alta y delgada, con el pelo rubio plateado que llevaba liso hasta los hombros. Pero él conocía a muchas chicas guapas, así que no era eso.

En realidad estaba demasiado delgada, pensó al recordar cómo las clavículas le sobresalían al ayudarla a ponerse el abrigo. Si embargo, no le parecía de esa clase de chicas que se preocupan en exceso por su aspecto físico.

Ray Carpenter entró en el despacho en aquel momento y miró por encima de su hombro a la pantalla del ordenador.

—¿Qué haces?

—¿Te importa? —preguntó, impaciente—. Estoy buscando algo.

—¿Algo, o a alguien? Estás en la web de la universidad, ¿no? ¿No me dijiste que la chica a la que llevaste la otra noche a su casa trabajaba en la universidad?

Luke apretó los dientes.

—¿Y qué?

—Pues que yo diría que estás intentando ponerte en contacto con ella. ¿Dónde trabaja?

Luke frunció el ceño.

—No lo sé.

Ray alzó las cejas.

—Pero sabes dónde vive.

—Sé en qué bloque, pero no en qué piso.

—Pues mira en la lista de inquilinos. Siempre hay una en los portales, ya lo sabes.

—Sí.

Luke cerró la página y apagó el ordenador. No tenía ganas de decirle a Ray que ni siquiera sabía su apellido.

Como no quería ofenderla, ni siquiera le había dado un beso de despedida, y no por falta de ganas. Tenía una boca tan sensual que era una tentación casi irresistible. Y olía tan bien... Demonios, se había prendado de aquella chica, y nunca le había ocurrido algo así.

Abby estaba de pie junto a la ventana del salón, viendo caer la lluvia en los cristales. Era pronto, pero se estaba haciendo de noche por las nubes que iban tan bajas que hacían desaparecer los contornos de los edificios.

Harry había llamado para decir que llegaría tarde, pero ella había aprendido a no dar nunca nada por sentado. A veces decía que llegaría tarde para presentarse media hora después.

Le había dicho que cenara, pero el estofado de pollo seguía metido en el horno para que no se enfriara. No tenía hambre. Últimamente nunca tenía ganas de comer. Sabía que a su madre la preocupaba verla tan delgada, pero la comida se había convertido casi en su enemigo.

Su intención era haber ido a verla, pero la enfermera había llamado diciendo que había tenido un día complicado y que estaba descansando. Sedada, seguramente. En contadas ocasiones le quedaban energías para mantener una conversación de más de diez minutos.

Vio el coche en cuanto entró en el jardín del complejo. Era un coche diferente, deportivo y poderoso como su dueño, y su color verde oliva quedó iluminado por una de las farolas que se encendían automáticamente cuando alguien entraba.

¿Cómo podía saber que se trataba del coche de Luke Morelli? Un sexto sentido la estaba avisando de que podía tener problemas.

¿Qué hacer? Mejor no asustarse. Ni siquiera sabía su nombre. Pero ¿y si la otra noche, después de dejarla a ella en casa, se había ido al Blue Parrot y alguien allí, de su propio grupo quizás, le había facilitado esa información? No es que fuera muy probable, desde luego; seguramente eran ganas de imaginarlo interesado en ella. Pero no podía correr el riesgo.

Se separó de la ventana y contempló los muebles de acero y cromo del salón. ¿Se imaginaría Luke lo mucho que detestaba vivir allí? ¿Entendería por qué tenía que quedarse, a merced de un hombre que no la amaba, pero que disfrutaba controlándola?

Seguramente, no. Lo que tenía que hacer era deshacerse de él.

En el vestíbulo agarró la primera chaqueta que encontró y se calzó unas botas. Al pasar por delante del espejo se miró. Llevaba un conjunto negro de estar en casa que no era apropiado para salir a la calle en una noche de octubre y además lloviendo, pero no tenía tiempo de cambiarse.

Su piso estaba en la sexta planta y tomó el ascensor rezando porque a Harry no se le ocurriera volver antes. Se imaginaba sin dificultad cuál sería su reacción si la pillaba hablando con un desconocido en la entrada.

Menos mal que no vio a ninguno de los dos. ¿Se habría equivocado? ¿Era posible que la presencia de Luke allí no tuviera nada que ver con ella? Incluso era posible que no fuera él.

Mejor echar un vistazo y comprobar si el coche seguía allí. Iba a tener que pasar por delante del portero, pero afortunadamente el señor McPhelan estaba en su cuarto viendo la tele. ¡Gracias a Dios!

Capítulo 2

LUKE había decidido dejar su visita a Ashford-St-James para la mañana siguiente. Al llegar a casa de su padre en Bath, se había encontrado con que esperaba que se quedara a pasar la noche, y no había querido desilusionarlo.

Charles Gifford, el dueño de las propiedades que quería conocer, había sido compañero de golf de su padre, y al fallecer, su hijo no había perdido tiempo: había informado a su abogado que tenía intención de vender aquella fila de tiendas en cuanto se tramitase el testamento.

Por su reducido tamaño, no era la clase de desarrollos de los que su empresa solía ocuparse, pero había tenido la sensación de que Oliver Morelli quería sentir que estaba contribuyendo al éxito de su hijo. Precisamente a sugerencia de su padre, les habían dado seis meses de plazo a los inquilinos para que se buscasen otra vivienda.

Luke aparcó en el centro y decidió ir paseando. Resultaba un lugar atractivo, con su iglesia de piedra con un alto campanario. Había flores en maceteros y los árboles empezaban a desplegar sus hojas. Todo muy inglés y muy civilizado. La clase de lugar que estaba atrayendo a londinenses deseosos de escapar de la ratonera, que buscaban un ritmo de vida más pausado sin perder todos los beneficios de la ciudad.

Su padre le había dado algunas indicaciones y le fue fácil localizar la fila de propiedades que iba a adquirir. Según le habían informado, había una tienda de regalos, una tienda de prendas de lana, un estudio de fotografía y una tienda de vestidos de novia. El quinto establecimiento era un café-librería, que según el abogado era el más solvente económicamente hablando.

Pasó por delante de la tienda de novias, del estudio y de la tienda de regalos, y se detuvo delante del café-librería.

Miró su reloj. Eran más de las diez. Podía entrar a tomarse un café. El sitio se llamaba Harley's, y sobre la barra había unas bandejas con pastelitos de crema y bollos muy apetecibles.

También había unas cuantas mesas y sillas, algunas ya ocupadas. Quizás les atrajera lo de la librería.

Una campana emitió un suave sonido al abrir la puerta. Buscó una mesa vacía y se sentó. El olor a dulces resultaba tentador, y abriendo la carta ante sí, la utilizó como escudo para estudiar el local.

Estaba decorado con gusto. En una pared había un mural con unos dulces que te hacían la boca agua, al fondo una lustrosa cafetera italiana, lo que le daba un toque de modernidad al local, y a la derecha, un arco que daba paso a la librería.

–¿Qué va a ser?

Había estado tan concentrado que no había oído a nadie acercarse. Dejó la carta y miró a la joven que había llegado junto a su mesa.

–Mm... un americano, por... –no terminó la frase–. ¡Abby! –se levantó–. ¿Qué diablos haces aquí?

–Este negocio es mío –contestó ella con toda serenidad.

Ya había pasado por toda clase de emociones en las semanas que habían transcurrido desde que leyó la carta, pero no se había imaginado en ningún momento que Luke se presentaría en el café.

Y solo.

–Yo no tengo que preguntarte por qué estás aquí. Imagino que estás evaluando tu última adquisición.

No había cambiado nada. Alto, moreno y tan atractivo como siempre. Peligrosamente atractivo, corrigió, y deseó poder dejar atrás el pasado, como obviamente había hecho él.

Ella sí que había cambiado. Una aventura truncada y un amargo divorcio pasaban factura. Y eso sin mencionar el descubrimiento de que el poco dinero que había invertido en el café estaba perdido.

–¿Llevas tú este café? –preguntó como si no acabara de creérselo–. Pensaba que seguías en Londres. No tenía ni idea de que te habías mudado.

–¿Ah, no?

O sea, que lo de utilizar la compra a modo de venganza no tenía sentido.

–Pues claro que no. No creía que tu marido estuviera dispuesto a dejar su trabajo así como así.

–Harry y yo nos hemos divorciado –respondió, consciente de que la conversación estaba despertando el interés de los demás clientes–. Te traigo el café.

–Espera. ¿Cuánto tiempo hace de eso?

–No creo que sea de tu incumbencia –le espetó–. ¿Eso es todo?

–¿Es así como tratas a tus clientes? Porque entonces...

–Tú no eres un cliente. Has venido a investigar. Y siempre puedo negarme a servirte. Tengo ese derecho.

Luke respiró hondo y miró a su alrededor, como si acabara de darse cuenta de que había más gente.

–Entonces, recomiéndame un buen sitio para cenar y te invito esta noche.

–No me parece buena idea.

No iba a permitir que descubriera la tentación que habían despertado sus palabras. Por fortuna, dos clientes se habían acercado a la caja registradora.

–Voy por tu café.

A Luke no le quedó más remedio que dejarla ir. La vio hablar un momento con los clientes, que parecían asiduos del lugar, y luego prepararle su café.

A Abby le temblaban un poco las manos, pero la máquina hacía la mayor parte del trabajo. Puso la taza en una bandeja, añadió una jarrita de crema y un cuenco con varias clases de azúcares y volvió a la mesa.

Pero Luke se había ido. La mesa estaba vacía.

Volvió a la barra y dejó allí la bandeja. El estómago se le encogió. Aunque le había sorprendido verlo, no se esperaba que se fuese a marchar de esa manera.

¿Y qué? ¿Es que quería volver a verlo? Después de todo lo que había pasado, ¿tan tonta era para creer que podía salir algo bueno de aquel encuentro?

Había pensado muchas veces en él, particularmente después del divorcio, pero sabía que, para él, no era más que una mentirosa.

¿Por qué entonces había querido invitarla a cenar?

El café y la librería cerraban a las cuatro casi todos los días, y normalmente no tenía prisa por subir al primer piso donde Harley la esperaba.

Por el contrario aquel día no podía esperar a ponerse el abrigo, recoger la correa del perro y escapar de allí.

En la parte de atrás había un descampado, seguramente un aliciente más para la compra de aquella fila de tiendas, donde a Harley le encantaba correr libremente. No era un perro joven, pero seguía teniendo mucha energía y Abby se agachó para recoger un palo y lanzárselo.

Justo delante de un hombre que avanzaba desde el otro lado: Luke Morelli.

Abby llegó a la puerta exterior y miró hacia fuera. Afortunadamente las luces de las farolas automáticas aún permanecían encendidas y pudo ver el Aston Martin verde oscuro bajo el haz de luz.

Su conductor no se había bajado. Sin duda la lluvia, o el hecho de que no supiera la dirección exacta, le habían retenido dentro.

¿Era Luke Morelli? Con la lluvia no se veía bien. Le parecía que sí, así que tenía que correr el riesgo. No podía permitir que su marido volviera a casa y lo encontrase allí.

Aún no había podido olvidar los moretones que le habían quedado en los pechos y en el estómago cuando Harry descubrió que había comido con uno de los profesores de la universidad.

El hecho de que ya no llevase la alianza de casada porque él le había retorcido de tal manera los dedos que la inflamación estaba tardando semanas en desaparecer, era otro motivo por el que atacarla. Era un hombre absurdamente posesivo, más aún teniendo en cuenta la cantidad de veces que él le había sido infiel en el pasado.

Además, no estaba interesada de verdad por Lucas Morelli, se decía mientras corría sobre la grava del aparcamiento. La había llevado a casa desde la fiesta, eso era todo. Ni siquiera le había dado un beso de despedida.

Aunque lo había deseado, de eso estaba segura. Y había habido un momento en que ella había querido sentirse deseada también.

Era Luke, y sin dudar, abrió la puerta del coche y se metió en él.

—No te importa, ¿verdad? —preguntó, señalando la lluvia—. Hace una noche horrible.

—Que acaba de mejorar —respondió con una sonrisa—. ¿Cómo has sabido que estaba aquí?

–Es que... estaba mirando por la ventana y me había parecido tu coche.

–Y se te ha ocurrido bajar a disculparte por no haberme llamado –sugirió él–. ¿Tienes idea de lo difícil que ha sido localizarte?

–¿Me has estado buscando? –preguntó, alarmada.

–Bueno, he mirado en las páginas de la universidad –admitió–, pero como no sabía tu apellido o qué demonios investigas, he perdido el tiempo.

–Ah.

Su alivio resultó palpable.

–Entonces Ray, el tío con el que estaba en el bar, me sugirió que viniese a tu casa –miró el edificio–. Un sitio con clase, ¿eh? No sabía si iba a poder relacionarme contigo.

–Anda, no seas tonto. Yo... comparto el apartamento con... un amigo –balbució–. Me está esperando. Íbamos a cenar ahora mismo. Tengo que irme.

Luke dudó.

–¿No te apetece salir a cenar fuera?

–No puedo –estaba tentando su suerte con estar allí sentada–. Lo siento. En otro momento, quizás.

¿Por qué había dicho eso?

–De acuerdo –estuvo rápido–. ¿Mañana por la noche? Podría recogerte hacia las ocho. Podemos ir a cenar y a ver una peli. ¿Qué te parece?

Dudó. Debía decir que no sin más. Si Harry llegaba a enterarse de que estaba tan siquiera considerando la posibilidad de salir con otro hombre, no quería ni pensar lo que pasaría.

Alguien podría decir que se lo merecía, fuera lo

que fuese, pero por Dios estaba desesperada por pasar una noche con alguien que la tratase con un poco de respeto.

—Es que... no sé... no te conozco.

—Eso se puede arreglar.

—¿Ah, sí?

—¿Tú quieres volver a verme?

Abby volvió a dudar, pero antes de que pudiera pensar en negarse, Luke puso una mano en su nuca y dijo:

—Déjame convencerte.

Menos mal que estaba sentada, porque la urgencia de aquel beso la estaba dejando sin capacidad para pensar. Un calor abrasador la envolvía, y se descubrió agarrada a las solapas de su chaqueta de cuero. Menos mal que la consola del coche hacía de barrera entre ellos porque si no, estaba convencida de que Luke la habría sentado sobre sus piernas para seguir explorando más abajo de la cintura. De hecho, ya tenía las manos en sus pechos, y estaba sintiendo que los pezones se le habían endurecido.

—Annabel, ven conmigo —le dijo con voz ronca, levantando el borde de su fina camiseta de terciopelo, y sintió la tentación de hacerlo.

Entonces oyó el ruido de otro coche que entraba en la zona de aparcamiento y la sangre se le heló. Había reconocido el coche: era Harry, que efectivamente se había adelantado.

Se separó de Luke y agarró la manilla de la puerta.

—No... no puedo. Tengo que irme. Ha... Harriet me está esperando.

–¡Espera! –exclamó, sujetándola por un brazo–. Por lo menos dime que saldrás conmigo mañana por la noche. ¿Cómo te apellidas? Ni siquiera lo sé. Déjame llamarte. Dame tu número.

–No –respondió. Tan loca no estaba–. Yo... yo te llamo.

–¿Cuándo?

Harry estaba aparcando y el miedo la atenazó.

–Mañana. Te llamo mañana.

–¿Lo prometes?

–Sí. Perdona, pero tengo que irme ya.

–Vale. Toma mi tarjeta.

Se la guardó en el bolsillo antes de salir corriendo del coche.

Luke atribuiría su carrera a la lluvia, pensó al tomar el ascensor. Con un poco de suerte, Harry ni se daría cuenta de que había salido del apartamento.

El teléfono de Luke sonó. Había estado leyendo la documentación de una reunión que tendría a la mañana siguiente, y oír sonar el teléfono a aquellas horas le hizo fruncir el ceño.

Pensó en no contestar. La chica con la que había estado saliendo aquellas últimas semanas no aceptaba un no como respuesta, y quién podría ser si no a aquellas horas. Eran ya más de las once de la noche.

En la pantalla aparecía un número desconocido. Podía ser su padre. Hacía semanas que no se veían, aunque a menos que hubiera alguna urgencia, tampoco él llamaría a aquellas horas. Descolgó.

–¿Luke?

Contuvo la respiración. Si no se equivocaba era Annabel, la chica que había dicho que lo llamaría hacía ya tres semanas y que no había mantenido su promesa.

–¿Annabel? Eres tú, ¿verdad?

Ella se rio con nerviosismo.

–¿Tan pronto me has olvidado?

–No –se humedeció los labios–. Creía que la que me había olvidado eras tú.

–Es poco probable –la oyó decir, aunque parecía temblarle la voz.

–¿Cómo estás?

–Bien –dudó–. Es un poco tarde para llamar, ¿no?

–Sí, perdona.

–Pero me alegro de saber de ti –continuó, temiendo que fuese a colgar–. ¿Quieres que salgamos un día?

–Más o menos –la oyó respirar hondo–. ¿Qué estás haciendo?

–¿Ahora? Pues trabajar. ¿Y tú?

–Ah... –dudó–. No mucho, la verdad –otra pausa–. Se me ha ocurrido que a lo mejor te apetecía salir a tomar una copa.

–¿Ahora? –se sorprendió.

–Si te apetece...

–Eh... bueno, vale –respondió. ¿Dónde demonios se estaba metiendo?–. ¿Te paso a buscar?

–No –su respuesta fue inmediata–. Quedamos en algún sitio.

–¿Dónde?

–Mm... ¿qué tal en Parker House? Los dos lo conocemos.

–De acuerdo. ¿Seguro que no quieres que te recoja?

–Seguro. ¿Dentro de media hora?

–De acuerdo.

El jersey y los vaqueros negros que llevaba puestos valdrían para ir a Parker House, así que se puso la chaqueta de cuero y guardó en los bolsillos el móvil y la cartera.

Fuera hacía frío, pero había tres cuartos de luna que añadía una luz plateada a las calles oscuras. Vivía al norte de Londres, y a aquellas horas de la noche no le fue difícil llegar al West End, y mientras conducía no dejaba de preguntarse por qué le habría llamado a aquellas horas de la noche. ¿Habría estado bebiendo? No le parecía la clase de chica que bebiera demasiado, pero ¿cómo estar seguro?

Aparcó cerca y entró. Había bastante gente y miró a su alrededor. Parecía no haber llegado aún, así que se acercó a la barra y pidió una cerveza.

–Hola.

La voz venía de cerca, y al volverse la vio. Estaba tan preciosa como siempre, aunque algo más pálida. Llevaba un abrigo negro con el cuello subido y el pelo recogido en lo alto de la cabeza con descuido. Llevaba poco maquillaje y volvió a preguntarse qué estaría haciendo cuando le había llamado.

–Hola –contestó–. ¿Qué quieres tomar?

–Eh... ¿podríamos irnos a otro sitio? Es que hay muchísimo ruido aquí, ¿no te parece?

Era cierto, pero entonces ¿por qué había querido que quedasen allí?

–¿Dónde? –preguntó, mientras pagaba la cerveza–. A estas horas, hay jaleo en todas partes. Mira, allí hay un rincón sin gente. ¿Por qué no nos sentamos?

Ella se encogió de hombros, pero la idea no parecía haberle gustado mucho.

Luke pidió una copa de vino para ella y rápidamente fue a apropiarse del sitio antes de que se lo pudieran quitar.

–Así está mejor –dijo, acomodándose en el sillón junto a ella. Olía de maravilla. Era un perfume sensual y exótico que le disparaba la sangre. Dios, cómo la deseaba. ¿Sería posible convencerla de que se fueran a su casa?

–¿Por qué no te quitas el abrigo? –sugirió–. Hace calor aquí.

–Bueno, yo...

Y se cerró todavía más el cuello. Luke suspiró.

–No importa lo que lleves puesto, ¿sabes? –la tranquilizó, acercándose a su mejilla–. No sabes cuánto me alegro de volver a verte. Estaba empezando a pensar que ya no querías saber nada de mí.

Ella sonrió.

–En absoluto.

–Bueno, ¿y qué? Me lo dirías si estuviera perdiendo el tiempo, ¿no? Porque tengo que decirte que nunca me había sentido así.

–No hablas en serio.

–Claro que sí –respondió, sosteniéndole la barbilla con la mano–. No es que haya llevado una existencia de monje –rozó sus labios–, ningún hombre lo haría, pero esto es diferente. Tú eres diferente –volvió a besarla–. ¿Y si nos fuéramos a mi casa?

Ella contuvo la respiración.

–¿A tu casa? –exclamó, echándose atrás cuando él iba a volver a besarla, y el cuello del abrigo se le bajó, dejando al descubierto un feo moretón–. ¿Dónde vives?

–Al norte, en Candem –le rozó la marca con los dedos–. ¿Cómo te has hecho esto?

–Oh... –se subió de nuevo el cuello–. Me he caído. En el baño. Qué estupidez, ¿verdad? ¿Vives solo?

–No comparto piso con nadie, si te refieres a eso. ¿Y tú?

–Es curioso que tengas que preguntar eso.

Dos cosas ocurrieron en un segundo: el hombre que había hablado y al que Luke no había visto nunca, se sentó frente a ellos; y Annabel exclamó:

–¡Harry!

De un respingo se apartó de Luke, lo cual acabó de demostrarle que sabía quién era el recién llegado.

Era un hombre corpulento, no muy alto pero musculoso y fuerte, con la clase de confianza en sí mismo que Luke encontraba en los consejos de administración de las empresas con las que trataba a diario.

Si tuviera que apostar, a juzgar por el corte impeca-
ble de su traje, diría que trabajaba en la City. ¿Quién
sería? ¿Su novio? ¿Su compañero de piso? No lo parecía.

El individuo lo miró con desprecio.

—¿No vas a presentarme a tu compañero, Abby?
¿Abby?

—Mm... te presento a Luke. Luke Morelli —dijo
casi sin voz—. Es... es solo un amigo.

—Un amigo con ciertos derechos, me parece a mí
—contesto Harry sin apartar los ojos de ella—. ¿No
es una suerte que se me haya ocurrido venir a bus-
carte aquí?

Abby respiró hondo y pareció servirle para cobrar algo de fuerza.

—Dijiste que no volverías hasta mañana.

—Y tú que te ibas a acostar pronto. ¡Eres una zorra
mentirosa!

—¡Retira lo que acabas de decir! —Luke, que había golpeado la mesa con las manos, se levantó y
agarró al otro hombre por el cuello, obligándolo a
levantarse—. ¿Pero quién demonios te crees que eres
para hablarle así? Me dan ganas de...

—¡No, Luke!

Abby se había levantado también y le sujetaba el
brazo. Y Harry, si es que se llamaba así, soltó una
risotada áspera.

—Escúchala, Luke —le aconsejó, soltándose—.
Pregúntale qué es lo que me da derecho a esperar
cierta lealtad de ella. Seguro que no te ha hablado
de mí, ¿verdad?

Luke frunció el ceño.

–Bueno, si eres su novio, deberías tratarla con más respeto –respondió, volviéndose a Annabel, o Abby, esperando que hablase–. ¿Quién es este hombre? ¿Lo conoces?

Qué pregunta más absurda.

Fue el hombre quien respondió. Su expresión era tan pagada de sí misma como su tono de voz.

–Es mi mujer, Luke. Lleva casada conmigo... a ver... tres años. Y si quiere divorciarse, solo tiene que pedírmelo. ¿No es así, Abby? Vamos, Luke, pregúntale si quiere divorciarse. Creo que te vas a enterar de que no quiere. Mi mujer tiene gustos caros que no creo que tú pudieras satisfacer. ¿Qué me dices, Abby? Dile a tu... amigo que tengo razón.

Abby no contestó, y Luke sintió que se quedaba sin tierra en la que pisar. Obviamente no iba a preguntarle si quería divorciarse. Había sido un idiota. No tenía intención de dejar a su marido. Había jugado con los dos.

Capítulo 3

HARLEY vio al hombre que se acercaba y salió corriendo hacia él. Estaba claro que no le inspiraba la misma reacción que Greg Hughes. Había mucho barro. Igual Luke acababa denunciándola si el perro le manchaba el traje.

El animal comenzó a saltar alrededor de él, moviendo la cola. «Eres un Judas, Harley», le dijo en silencio mientras Luke le rascaba la cabeza.

Daba la impresión de que no la había oído acercarse, pero se equivocaba.

—¿Es tu perro? —preguntó cuando el animal corrió al lado de su ama, y Abby asintió.

—Es mío, sí —respondió. Ojalá hubiera elegido otra ruta para el paseo.

—Es precioso —comentó, viendo cómo intentaba ponerle la correa—. No lo ates por mí. Me gustan los perros, y yo suelo gustarles a ellos.

No le sorprendía lo más mínimo, pero aun así, le puso la correa y Harley gimoteó.

—Creía que no había nadie por aquí. Por eso lo he soltado.

Luke se encogió de hombros.

–Solo estaba familiarizándome con la zona. Es muy bonita.

–Sí que lo es. ¿La conoces bien?

Luke volvió a alzar los hombros.

–Mi padre vive en Bath, pero no conozco Ashford-St-James.

Entonces, ¿cómo se había enterado de las propiedades? ¿O es que se las había encontrado navegando por Internet, como le había pasado a ella tiempo atrás?

–Fue mi padre el que me habló de la venta –continuó él, como si le hubiera leído el pensamiento–. Jugaba al golf con Charles Gifford, el padre del dueño actual.

–Sé quien es Charles Gifford. Quién era.

–Entonces, ¿sabías que yo estaba en esto antes de que entrase en el café?

Abby asintió.

–Recibí una carta.

–Y me habrás estado maldiciendo desde entonces –comentó con cinismo–. No pongas esa cara, que se te nota.

–La verdad es que el primer pensamiento que tuve fue que sabías que yo era propietaria de uno de los negocios y que habías comprado la propiedad en una especie de... venganza.

–¿En serio?

–Pues sí –contestó, poniéndose a la defensiva–. No nos separamos precisamente tan amigos.

–No, pero me parece que te pasas un poco de la raya suponiendo que va a seguir preocupándome algo que pasó hace... ¿cuánto tiempo? ¿Cuatro años?

—Cinco —respondió, aunque no estaba tan segura de que lo hubiese olvidado—. De todos modos, me alegro de no haber dejado huella en tu vida.

«Si tú supieras», pensó él, mirando de nuevo al perro para que no pudiera detectar hostilidad en su mirada. Nada menos que era responsable de su ruptura con Ray Carpenter, que no había podido soportar la amargura con la que había empezado a contemplar la vida después de ella.

Y también ella había sido la razón por la que se había casado con Sonia, la chica con la que había salido las semanas antes de conocerla. Su matrimonio había sido un error desde el principio, y apenas un año después ya estaba roto.

—Lo he olvidado todo —dijo, haciendo un gesto de displicencia con la mano—. Igual que tú, pasé página.

—Me alegro —respondió, mirándolo con expresión culpable, o eso le pareció a él—. Fue culpa mía que... bueno, todo lo que ocurrió.

Eso mismo pensaba él. Nada podría cambiar el hecho de que le había mentido al no decirle que estaba casada. En fin... no deberían estar teniendo aquella conversación. Debería haberse ido nada más ver quién era la dueña del café. Pero se había pasado las últimas horas dando vueltas por Ashford, intentando encontrar una razón para volver.

Verla sirviendo una mesa le había dejado atónito. ¡Pero si era investigadora en la universidad!

Una académica. Había sido enterarse de su verdadero nombre y no tardar ni cinco minutos en saber dónde trabajaba.

También había descubierto que su marido, Harry Lawrence, trabajaba en la City. Era muy conocido en la Bolsa, y había quien lo consideraba un bárbaro. Quizás aquel moretón que había visto en el cuello de Abby aquella noche se lo había hecho él. Pero luego recordó cómo Harry presumía de que nunca lo abandonaría. Y así había sido.

Podría haberse divorciado. De hecho, si tuviera algo de autoestima, lo habría hecho. Seguramente habría acabado haciéndolo él, teniendo en cuenta cómo lo engañaba.

Aun así, no había olvidado un solo minuto del tiempo que habían pasado juntos. Aún podía saborear la dulzura de su boca. Una aventura que no había llegado a serlo. Se había marchado del bar con su marido y no había vuelto a verla.

—Esta mañana te fuiste sin tomarte el café –dijo con un esbozo de sonrisa–. ¿Tenías miedo de que fuera a envenenártelo?

Luke apretó los labios.

—No, la verdad es que no se me ocurrió.

Seguramente porque la consideraba demasiado lista para cometer un error como ese.

—Bien. No me gustaría que hubiese animosidad entre nosotros.

—«¿Nosotros?» –frunció el ceño–. No hay ningún «nosotros».

El rubor tiñó sus mejillas.

–Ahora no, ya lo sé.

–Ni nunca.

–Espero que no pienses que estoy intentando utilizar nuestra... relación en el pasado para influirte en la decisión que tomes sobre los locales.

–Ah, vamos... –alzó una mano–. No podrías. Y preferiría que no me recordaras que casi te empujo a engañar a tu marido. O a lo mejor no era la primera vez.

–Si haces memoria, te acordarás de que no fui yo quien empezó –le recordó, furiosa–. Tú andabas buscando un rollo casual y resultó que yo estaba a mano.

–¡Eso no es verdad!

–¿Ah, no? Seguro que pensaste que habías encontrado algo bueno.

–Y no me equivocaba, ¿eh? –se burló.

–No me lo puedo creer... ¿Cómo pudiste gustarme alguna vez?

–Abby...

El perro escogió precisamente aquel momento para enredarse entre sus piernas, haciéndole perder el equilibrio. Sin pensar, Luke se agarró al hombro de ella, que lo sujetó sin pensar por la cintura.

De pronto la atmósfera se cargó de tensión. Luke era consciente en exceso de la calidez del cuerpo de Abby junto al suyo. No había provocado deliberadamente la situación, pero ya que se encontraba en ella, no pudo evitar excitarse. Apretando los dientes, agarró la corea y se liberó.

–Creo que mejor me voy.

–Sí, mejor. Pero no me eches a mí la culpa. Yo me vuelvo a Harley's.

Tardó un instante en comprender.

–Ah, el café.

Ella asintió.

–No la pagues con los demás inquilinos por mi culpa –añadió, casi sin darse cuenta.

–No sé cómo iba a hacer eso.

–No te subestimes, Luke –dijo con acidez–. Esta situación no es fácil para ninguno de nosotros.

–Lo siento.

–¿De verdad? Bueno, tengo que irme...

–¿Qué esperas de mí, Abby? –le lanzó–. ¿La absolución?

–¿Estás de broma? No espero nada de ti, Luke. Ni ahora, ni antes.

–No es esa la impresión que yo me llevé, pero claro, puedo estar equivocado, como en todo lo demás.

–¡Eres un cerdo arrogante! –espetó, pálida de ira, y tiró de la correa de Harley para alejarse de él.

Luke se sintió frustrado. No era su intención hacerle daño, pero obviamente, lo había hecho. No le quedó más remedio que echar a andar tras ella.

–Abby...

–¡No te acerques a mí!

–No quiero pelear contigo.

–¿Ah, no? Pues no te preocupes –continuó andando hacia la carretera–. Fingiré que esta conversación no ha tenido lugar. Tú habla con tu abogado para que me haga saber cuándo quieres que desaloje el café.

Con una sensación de absoluta derrota, dio unas cuantas zancadas y la sujetó por un brazo. Al volverla vio que las lágrimas le rodaban por las mejillas, e incapaz de pensar, se las secó con la mano.

–No –le advirtió ella, pero Luke no la escuchaba. Tenía en mente imágenes del sexo tórrido que podrían haber tenido si las cosas entre ellos hubieran sido diferentes. Su mejilla era tan suave, y casi sin saber qué hacía, bajó la mano hasta trazar los contornos de su boca.

Ella no intentó detenerle. Seguía agarrando la correa como si fuera un salvavidas, pero Luke se sentía embriagado por su olor. Incapaz de contenerse, la besó en la boca.

Encontró sus labios calientes y sorprendentemente vulnerables, y todas las emociones que aquella mujer había despertado en él cinco años atrás volvieron en avalancha. Supo de inmediato por qué no había podido olvidarla; por qué recordaba tan bien su sabor y su olor, y la presión sensual de sus caderas contra su erección le volvió loco.

–Luke...

Su nombre apenas rozó el aire, y sintió que la piel le ardía de deseo. No podía permitir que aquello siguiera adelante. Aquel pedazo de terreno, aunque tenía unos cuantos árboles, no ofrecía ninguna intimidad. Y aparte de eso, ¿qué demonios estaba haciendo?

Harley ladró, sacándolos de aquella nube. A lo

mejor había visto un gato o un conejo. Empezó a tirar, y Abby se vio obligada a separarse un paso de Luke.

—¡Harley! —exclamó.

Nunca se habría imaginado que podría llegar a experimentar gratitud hacia un perro.

—Tengo que irme —dijo, mientras Abby intentaba calmar al perro.

Y sin darle tiempo a decir nada más, se alejó de allí.

Capítulo 4

UNA semana después, Abby había logrado apartar de su cabeza aquel episodio. Había sido una aberración, nada más, seguramente de los dos. ¡Y pensar que creía tener lo ocurrido cinco años atrás controlado! Ahora era ya una mujer libre e independiente, no la patética esposa maltratada.

Era ya tarde y Lori se había ido a recoger a su hija del colegio, y dado que no había clientes, decidió cerrar un poco antes de lo habitual.

La tarde había sido bastante desapacible y con pocos clientes, de modo que cuando oyó la puerta abrirse pensó que era Lori y que se le había olvidado algo. Pero no. Era Greg Hughes.

No estaba de humor para hablar con él.

–¿Sabes algo? –preguntó sin más, entrando como si estuviera en su casa.

Abby estaba limpiando la cafetera y se volvió para mirarlo con frialdad.

–¿Perdón?

–Que si...

–Te he oído, pero no sé a qué te refieres.

Greg frunció el ceño.

–El constructor. Que si sabes algo del constructor. Supongo que ya habrás leído la carta.

–Sí, he leído la carta, y no, no sé nada más.

–Todo esto es un poco raro –hizo una mueca–. Me gustaría saber qué compensación habrán pensado ofrecer.

–¿Compensación?

–Sí. Tienen que pagarme por los dieciocho meses que me quedan de alquiler. No sé dónde me voy a ir mientras.

–Ya.

–Claro, que tú no tendrás ese problema. Cuando nos obliguen a desalojar, tu contrato ya habrá vencido.

–¿Y cómo lo sabes?

–Me dijiste que solo te quedaban seis meses –continuó tan normal–, y me preguntaba, puesto que tú conoces a ese tío, si te habría dado alguna información más.

Abby sintió ganas de decirle que no lo conocía, pero no sabía si alguien los habría visto en el descampado.

–Solo conozco la empresa, y... creo que estuvo por aquí el otro día, echando un vistazo. De modo anónimo, según parece.

–¿Ah, sí?

Greg no parecía saberlo, y se dio cuenta de que acababa de reconocer que conocía en persona a Luke, pero Greg pareció no notarlo. Debió pensar que se lo habían contado.

–Vaya, vaya. Me habría gustado verlo. Le iba a haber dicho un par de palabritas.

–¿En serio? Qué interesante.

Un recién llegado había pronunciado esas palabras. Abby se había quedado con la boca abierta al ver de quién se trataba.

–Esta conversación es privada –espetó Greg antes de que ella pudiera intervenir.

–Lo siento –Luke cerró la puerta y se acercó–. Me ha parecido oír mi nombre. Iba a decirme un par de palabritas.

Greg lo miró boquiabierto.

–¿Usted es Morelli? –preguntó sorprendido.

Y su sorpresa era comprensible, porque vestido como venía, con vaqueros y una chaqueta de cuero bastante usada, Luke no parecía el empresario emprendedor que era.

–¿Y bien? –continuó Luke, acodándose sobre la barra–. ¿Quiere decirme quién es usted? No he oído su nombre.

–Me llamo Hughes. Greg Hughes. Soy el dueño del estudio de fotografía de aquí al lado.

–Ah, ya. Bien, señor Hughes, ¿qué quería decirme? Le escucho.

Greg apretó los dientes. Parecía no saber qué decir.

–Que no estoy de acuerdo con... con la gente...

–Gente como yo, quiere decir –añadió Luke, que parecía estar disfrutando.

–Pues sí. Creo que no se da usted cuenta de lo antiguas que son estas tiendas –hubo un silencio–. Y piensa tirarlas para construir un supermercado. Es un sacrilegio, eso es lo que es. ¡Un sacrilegio!

Abby vio que Luke la miraba a ella.

—¿Opina usted lo mismo, señorita Lawrence?

—Lacey —le corrigió, consciente y molesta porque Greg la miraba con curiosidad—. Señorita Lacey. Cambié mi apellido después de... de tener el café.

—Ah.

Luke la miraba fijamente, y cayó en la cuenta de que la coleta en que se había recogido el pelo estaba medio deshecha, llevaba puesto el delantal de limpiar y... en resumen, que estaba hecha un asco.

—Pero no ha contestado a mi pregunta... señorita Lacey.

Greg se le adelantó:

—Está de acuerdo conmigo, por supuesto —espetó en actitud beligerante—. ¿Cómo cree que nos sentimos todos? Estos establecimientos son nuestro medio de vida. Y en el caso de Abby, además es su casa.

—¿Ah, sí?

Abby sintió deseos de abofetear a Greg por darle esa información tan personal.

—Pues sí —continuó, sin darse cuenta, o sin importarle—. Por lo menos yo me compré una casa cuando aún estaban baratas.

—Al señor Morelli no le interesan nuestros problemas, Greg —intervino ella, e irguiéndose, preguntó—: ¿Qué puedo hacer por usted, señor Morelli? ¿O es que ha venido a probar mi café?

—Buena idea —volvió a meterse Greg—. Y debería probar sus magdalenas de arándanos. Si no le convencen de replantearse lo de derribar el café, ninguna otra cosa lo hará.

–¡Greg! –exclamó, horrorizada–. No creo que lo que podamos hacer o decir cambie la decisión del señor Morelli.

Luke se cruzó de brazos. Hubiera gustado decirle que tenía razón, pero tampoco quería avergonzarla delante de aquel patoso.

–Creo que me tomaré un café –fue lo que dijo–, si no es mucha molestia.

Vio que Abby apretaba los dientes.

–Me temo que no va a ser posible. Acabo de apagar la cafetera.

–No tiene usted suerte, señor Morelli –replicó Greg, con no poca satisfacción–. Ahora va a tener que decirnos lo que le trae aquí sin disfrutar de uno de los beneficios de su trabajo.

Luke entornó ligeramente los ojos.

–No creo haberle invitado a escuchar lo que tengo que decirle a la señorita Lacey. Estoy seguro de que tiene cosas mejores que hacer que estar aquí escuchándome.

El fotógrafo frunció el ceño y miró a Abby.

–¿Quieres que me vaya, Abby? Puedo quedarme un rato si quieres.

Luke sintió su indecisión. No parecía ser amiga de aquel hombre, pero tampoco lo era de él.

–No te preocupes, Greg. Estoy bien. Si hay alguna noticia, te la cuento después.

El fotógrafo se marchó de mala gana, y en cuanto se quedaron solos, Abby no disimuló su deseo de que él siguiera el mismo camino.

–Creo que usted y yo no tenemos nada que decirnos, señor Morelli –le plantó–. Y puesto que estaba a punto de cerrar el café, le agradecería que me dijera a qué se debe su visita.

En realidad Luke no sabía muy bien para qué había ido. Sí, bueno, su padre lo había llamado para decirle que tenía un poco de fiebre, pero eso no era excusa para cancelar las reuniones que tenía previstas para irse hasta Bath. ¿Qué narices hacía en Ashford-St-James, diciéndole a su padre que tenía que consultar las leyes locales sobre urbanismo, cuando en realidad se había plantado ante una mujer que a punto había estado de arruinarle la vida?

–Está bien –suspiró–. ¿Por qué no me cuentas por qué decidiste dejar un trabajo estupendo en Londres para venirte aquí?

Abby lo miró sorprendida.

–No hablas en serio.

–Totalmente en serio.

–¿Y por qué iba yo a contarte nada? Lo que haga o deje de hacer no es asunto tuyo.

Luke suspiró.

–Me gustaría saberlo. ¿Qué pasó para que cambiaras de vida tan drásticamente?

No quería contestarle, pero se encontró diciendo:

–Me divorcié. Eso es lo que pasó. Pero tú ya lo sabes. ¿Por qué me preguntas?

Luke frunció el ceño.

–Supongo que lo que me pregunto es si cuando pierdas este negocio, volverás a Londres.

Abby lo miró en silencio.

–Creo que lo mejor será que se vaya, señor Morelli —dijo, guardando el trapo bajo la barra—. No tengo intención de contestar más preguntas.

Luke vio cómo se quitaba el delantal y lo metía en lo que debía ser la cesta de la ropa sucia, y a continuación se pasaba las manos por la falda corta y tableada que dejaba al descubierto sus magníficas piernas.

—Por favor, márchese —añadió—. Quiero cerrar.

Luke metió las manos en los bolsillos de los vaqueros y al hacerlo se dio cuenta de que tenía el inicio de una erección. Menos mal que ella no parecía haberse dado cuenta.

—Supongo —dijo él— que, habiéndote repudiado Lawrence, te habría sido difícil mantener tu tren de vida en la ciudad. Espero que te esté pagando una pensión, porque sin el café lo vas a pasar mal.

Más que verla, la sintió pasar a su lado.

—¡Fuera! —le exigió, abriendo la puerta.

—Las verdades duelen, ¿eh? Deberías haberte parado a considerar las consecuencias antes de faltar a tus promesas conyugales.

Le pareció que tenía lágrimas en los ojos, pero no sintió remordimiento alguno. Ya era hora de que empezase a pagar por lo que había hecho.

Pero al salir a la calle hubo de admitir que no había sentido la sensación de capítulo cerrado que esperaba. Lo lograría cuando derribase el café. Aun así, habría preferido que el portazo no le hubiera dejado aquel regusto a bastardo.

Capítulo 5

EL AVIÓN de Luke aterrizó en Heathrow justo después de las ocho.

Su vuelo se había retrasado en Hong Kong y había tenido que esperar en el aeropuerto más de tres horas.

Felix, su chófer, le esperaba, pero no estaba de humor para hablar con él.

—¿Has tenido un buen viaje? —le preguntó al sentarse tras el volante.

—¿Cuánto tiempo has estado esperando?

—Un par de horas, más o menos —sonrió—. Miré en Internet y vi que se había retrasado el vuelo, pero no me fío mucho. Prefiero venir al aeropuerto en persona.

Por lo menos eso le hizo sonreír.

—Son bastante fiables, ¿sabes? —dijo, y cruzó las piernas—. Ha sido un viaje muy largo —añadió, contemplando el cielo encapotado, y suspiró—. ¿Hay noticias?

—Supongo que depende de lo que entendamos por «noticias». Uno de los implicados en lo de Wiltshire ha presentado una petición. Dice que los edificios que quieres demoler tienen valor histórico y que deberían protegerse.

Luke no le preguntó cómo se había enterado. Felix siempre estaba al tanto de lo que se cocía. ¡Tenía que ser Greg Hughes!

¿Participaría Abby también? Tendría que enterarse.

Era casi de noche cuando Abby volvió de darle su paseo a Harley, y llovía a cántaros.

Habían dado un par de vueltas al parque y luego había ido a la tienda para hacer la compra. No le gustaba admitirlo, pero era cierto: Ashford-St-James necesitaba un supermercado decente, y con una zona de aparcamiento propia, a ser posible. Ese era el inconveniente del café: que no tenía dónde aparcar. No es que ella tuviera coche, porque el viejo cacharro que usaba para ir a por los suministros no podía calificarse así.

El divorcio de Harry no había sido fácil, y después de pagar el entierro de su madre, se había quedado sin un céntimo. Solo el poco dinero que había logrado sacar por la casa en la que había crecido le había permitido irse de Londres. Pero estaba tan desesperada por escapar que habría pagado lo que fuera por marcharse.

Intentaba no pensar en aquella época. Lo mejor que podía haber hecho era marcharse. De haber seguido en Londres, Harry habría encontrado el modo de hacerle daño. Solo el temor de que sus amigos se burlaran de él si le negaba el divorcio le había empujado a concedérselo.

Entró al café por una puerta lateral, cerró con llave y subió la escalera que daba a su piso preguntándose cuánto tiempo más podría quedarse allí.

Guardó la compra y decidió darse una ducha antes de cenar. Tampoco es que tuviera mucha hambre.

Salía ya del baño, envuelta en una bata, cuando oyó a alguien llamar a la puerta de fuera. Bueno, más bien aporrearla. Harley comenzó a ladrar. ¿Quién podría ser a esas horas?

Volvieron a llamar con insistencia y Harley intensificó el ladrido.

Salió al salón.

–Quieto –le dijo. Movía la cola, pero mejor no fiarse mucho de su buen juicio.

Abrió la puerta de la escalera y encendió la luz. Harley no albergaba reserva alguna sobre quién podía ser y bajó a todo correr. Una vez estuvo abajo, volvió a ladrar. Con un suspiro de resignación, Abby bajó también.

–¿Quién es? –preguntó.

–¡Soy yo! –aunque no debería haber reconocido de inmediato aquella voz, así fue–. Abre la puerta, Abby. Llueve a cántaros.

¡Luke!

Tres semanas habían pasado ya desde su altercado. Bueno, no. Desde que lo había invitado a marcharse, y estaba claro que era él el culpable de su estado de ánimo depresivo. No solo por el negocio, sino porque seguía convencido de que ella era la culpable del comportamiento de su exmarido. Pero ni muerta pensaba darle explicaciones.

Respiró hondo.

—No... no estoy vestida —contestó, y Harley volvió a ladrar—. ¿Qué quieres?

Luke maldijo entre dientes.

—¡Abre la condenada puerta, Abby! ¿Es que quieres que pille una neumonía?

Estuvo a punto de decirle que le importaba un comino, pero tampoco sería cierto. Esperó aún un instante más antes de descorrer el cerrojo y tirar de la puerta.

Había dicho la verdad. Estaba lloviendo a mares, mucho más que cuando ellos habían vuelto del paseo. De hecho, la acera estaba inundada y Luke, calado.

Agarró a Harley para que no se saliera y se hizo a un lado. Él entró de inmediato y cerró la puerta. ¿Qué narices hacía allí? Aunque ahora el lugar fuera suyo, no podía invadir su intimidad así como así, por mucho que Harley, moviendo la cola como un idiota, hubiera subido la escalera a todo correr y los esperara arriba. Suspiró al verlo entrar al salón. Seguro que habría ido en busca de su juguete favorito para enseñárselo a Luke.

—¿Por qué estás tan mojado? —le preguntó, sin hacer ademán alguno de invitarlo a pasar. Pero algo tenía que decir.

—Es que he venido andando desde la plaza —respondió con aspereza, y hubo otra enervante pausa—. Lo creas o no, es imposible no mojarse cuando llueve.

Qué gracioso...

–Supongo que será mejor que subas. Aquí hace frío.

–No me digas...

Más sarcasmo.

Comenzó a subir consciente de que lo llevaba detrás, de que iba descalza y que la bata solo le llegaba unos centímetros por debajo de la rodilla. Y como no, iba desnuda debajo.

Su salón nunca le había parecido tan feo como en aquel momento. Lo había amueblado con objetos de una subasta, y el sofá de flores había conocido tiempos mejores, a pesar de que lo había adornado con cojines de colores. Luke debía encontrarlo muy distinto a lo que él estaba acostumbrado. ¿Seguiría viviendo en un piso? Seguramente, no. Ya tendría media docena de casas.

Al menos Harley, y las lámparas que había ido encendiendo, le daban un toque hogareño. Luke la siguió y cerró la puerta a su espalda.

–Eh... a lo mejor deberías quitarte la chaqueta –dijo, consciente de pronto de que estaban solos.

–Gracias –respondió, sorprendido con el ofrecimiento, y la colgó en el respaldo de una silla–. Hace frío para la época del año en la que estamos.

–¿Verdad que sí?

Miró a su alrededor.

–¿Hace mucho que vives aquí?

–Unos cuatro años –respondió de mala gana–. ¿Por?

Luke la miró fijamente.

–Curiosidad. ¿Viniste aquí directamente de Londres?

–Haces muchas preguntas. ¿Y tú, por qué estás aquí?

Luke frunció el ceño y no contestó, y Abby se preguntó si podría volver a entrar en su piso sin verlo a él tal y como estaba en aquel momento, con aquella camisa color rojo oscuro y una corbata algo más pálida, el botón del cuello desabrochado, pantalones gris marengo pegados a las piernas... ninguna mujer podría permanecer inmune a semejante atractivo sexual.

–Te quedaste con Lawrence aún más de un año desde aquella noche en la vinatería –comentó–. Debió ser un golpe duro de asimilar que te echara.

Abby se enfureció.

–¿A eso has venido? ¿Qué buscas? ¿Justificación para tu comportamiento?

–¿Mi comportamiento?

–Sí. No podías dejarlo estar, ¿verdad? Pues siento desilusionarte, pero fui yo quien dejó a Harry y no al revés.

Él frunció el ceño.

–No es esa la razón de que haya venido.

–Pues no se me ocurre otra –replicó, cerrándose la bata–. Has tenido... cuatro semanas para inventarte una razón. Me sorprende que te haya costado tanto.

Luke perdió de pronto la paciencia, tiró de ella sin importarle que el agua aún le resbalara por la cara desde el pelo y la besó en la boca. Un deseo ardiente y sobrecogedor le sacudió de pies a cabeza, y buscó sus caderas con las manos para pegarla contra él y que pudiera sentir cada músculo y cada plano de su cuerpo excitado.

Porque excitado estaba, sin duda. Tenía el pene erecto pegado a su estómago. Dios, ¿qué le hacía aquella mujer que en cuanto estaba con ella no era capaz de tener quietas las manos?

Abby musitó una protesta, pero se arqueó contra él y Luke temió derramarse en aquel mismo instante. Intentó pensar. Estaba allí para hablar de la petición que, sin duda, Greg Hughes había puesto en marcha, y no para volver a hacer el ridículo.

Pero estaba tan caliente y era tan deseable... incapaz de contenerse, ascendió por sus costados hasta los pechos, y devorándola aún, abrió la bata y miró hacia abajo.

–Sí... –murmuró–. Eres tan hermosa como me imaginaba.

Capítulo 6

ABBY sabía que debía dar marcha atrás, pero en el instante mismo en que se apoderó de su boca, supo también que se había rendido.

Cinco años atrás ya había experimentado lo atraída que se sentía por él, así que debería haberlo sabido. Ni siquiera era el mismo hombre que entonces. Se había vuelto más duro y más amargado, y seguramente se despreciaba a sí mismo por estar allí. También era poderoso, y si no se andaba con ojo, daría por sentado que esa era la razón por la que no lo había vuelto a echar.

Lo miró a los ojos y los encontró oscurecidos de deseo y de algo más. ¿Resentimiento? ¿Reticencia a admitir lo que estaba pasando?

¿Y ella? ¿Quería que la creyera dispuesta a olvidar el pasado? ¿Pensaría que estaba dispuesta a entregarse a él para salvar el café? Dios bendito, ¿en qué estaba pensando? Aquel hombre era el enemigo, no su amigo. Sin embargo, cuando le acariciaba los senos, cuando enardecía sus pezones volviéndolos casi dolorosos, la respiración se le desbocaba.

–Eres tan hermosa ... Que Dios me ayude, pero no he podido quedarme quieto.

–Luke...

–Sí, di mi nombre –musitó, bajándole la bata por los hombros–. Sabes que te deseo, ¿verdad? Lo has sabido desde siempre.

–Pues yo no –respondió con nula convicción, justo cuando la bata caía al suelo.

–No te creo.

La tomó en los brazos. La bata fue a caer en parte encima de la cabeza de Harley, que protestó. Para cuando consiguió liberarse, Luke ya había llegado al dormitorio de Abby.

Las lámparas estaban encendidas, la cama abierta, y había un delicioso perfume a algo exótico emanando del baño. Cerró la puerta con el pie por si Harley intentaba seguirlos y llegó a la cama.

Se quitó las botas y se tumbó junto a ella. Besándola creyó ahogar cualquier protesta, pero Abby solo se abrazó a él, gimiendo suavemente.

Su boca era tan lujuriosa como la recordaba, y los minutos fueron pasando mientras seguía besándola con unos besos largos y embriagadores que despertaban su cuerpo y ardían como fuego.

Lamió el valle que discurría entre sus pechos y sintió que perdía el control al sentirla temblar.

Notó que tiraba de su camisa y que le bajaba la cremallera de los pantalones. Apenas tardó un segundo en desprenderse de todo ello, y la respiración se le cortó cuando sintió que le rozaba la punta húmeda del sexo.

Brevemente cayó en la cuenta de que no tenía preservativo, pero saberse entre las piernas de

Abby, con ella animándolo a penetrarla fue demasiado para su cordura. Por primera vez en la vida, estaba a merced de su deseo.

Con la mano buscó su clítoris, acariciándola con el pulgar. La sintió encabritarse al contacto con su mano, gimiendo incontrolable, y no pudo esperar más. La penetró sin dudar, y sintió que sus músculos lo recibían. Se arqueó hacia él y alcanzó el orgasmo casi de inmediato.

Él gimió a modo de protesta. Habría querido prolongar más aquel momento, disfrutar de la sensación de estar dentro de ella. Estaba tan caliente, tan tensa, que la cabeza le daba vueltas con la intimidad de lo que estaba ocurriendo, pero el poder de su orgasmo fue demasiado para él, unido al roce de sus senos... el orgasmo lo alcanzó con una sacudida brutal.

Alguien le estaba lamiendo la cara.

Sin abrir los ojos, Abby sacó una mano de debajo de la ropa y tocó... pelo. Abrió los ojos de golpe. Harley estaba al lado de la cama y a juzgar por la urgencia con que bajó las patas y salió corriendo hacia la puerta, necesitaba salir.

¿Dónde estaba Luke?

Se incorporó y miró hacia la ventana. No era aún de día, pero un rayo de plata se colaba entre las cortinas, con lo que el amanecer no andaba lejos.

Encendió la lámpara. Aún no eran las cinco. Demasiado temprano para levantarse, pero Harley tenía que salir.

Bajo las piernas y sintió el aire frío de la mañana en el cuerpo desnudo. Alcanzó unos vaqueros y una camiseta que tenía a mano y se los puso, sin molestarse con la ropa interior.

¿Dónde se había metido Luke?

La almohada tenía la huella de alguien que había dormido en su cama, luego no lo había soñado, aunque también Harley podía haberse subido. Pero alguien tenía que haber abierto la puerta del dormitorio, luego entonces...

El piso estaba vacío. No había luz por ninguna parte, y las lámparas se habían quedado encendidas cuando se habían ido a la cama, de modo que Luke las había apagado, pero ¿dónde estaba?

Harley seguía inquieto, así que, después de asegurarse de que había dejado de llover, bajó otro tramo de escaleras que daba al café y por él salió a un pequeño jardín trasero con el perro.

Habría sido más fácil pensar que se lo había imaginado todo, de no ser porque el cuerpo no se lo permitía. Se tocó los pechos. Los tenía ultra sensibles, y entre las piernas... no se había imaginado un clímax como aquel. Nada tan devastador, y menos aún con Harry.

Respiró hondo. ¿Qué podía pensar? ¿Que Luke se había presentado allí para tener un revolcón y largarse después sin tan siquiera decir adiós? ¿Podía ser tan cafre?

Pues al parecer, sí.

Había dejado la puerta entreabierta y de pronto la oyó abrirse de par en par. Se volvió esperando ver a Luke, pero fue Harley quien entró a toda prisa, buscando su golosina de todos los días.

–Vale, vale –le dijo–. Ojalá pudieras hablar, Harley. Me podrías decir a qué hora se ha ido ese cerdo.

El perro ladró una sola vez, como si estuviera de acuerdo, y volvió a subir las escaleras. En la cocina, abrió el bote de las golosinas del perro y le lanzó una galleta, que el animal atrapó en el aire.

–Por lo menos en ti puedo confiar –dijo, respirando hondo.

Llenó la cafetera, y mientras esperaba, decidió darse una ducha.

Menos mal que sus clientes estaban demasiado centrados en sus propios asuntos para darse cuenta del rastro de rojeces que le había dejado su noche con Luke. Además se había maquillado un poco más de lo normal y llevaba una sudadera de cuello alto.

Todos, menos Joan, una encantadora solterona de casi setenta años, buena clienta tanto del café como de la librería.

–Hola, Abby –la saludó–. Oye, ¿estás bien? Anoche oí ladrar a Harley y estuve tentada de ir a ver si te ocurría algo. Pero estaba lloviendo, y además me imaginé que si te pasaba algo, me habrías avisado.

Abby puso cara de póquer. Su otra vecina, Lori, la miraba extrañada también, así que más le valía encontrar una buena excusa.

–Bah, una araña de esas gordas –dijo, e incluso

se rio–. Ya sabes que las detesta. ¡Un perro asustado de una araña!

–Ah, vale –sonrió–. Me preocupaba que pudiera ser el hombre ese del que habla Greg.

–¿Qué hombre?

–Ya sabes... ese tal Morelli, que vino a verte hace unas semanas. Desde que Greg presentó la petición, esperaba que viniese.

Abby la miró sin comprender.

–¿A qué petición te refieres?

–¿Cuántas conoces? –intervino Joan, que parecía divertida–. Pues la que quiere que declaren todo esto protegido. Tienes que haberla visto. Según me han dicho, Greg ha conseguido ya más de cien firmas.

Capítulo 7

QUÉ posibilidades crees que tienen?
Luke se paseaba de un lado al otro del despacho de Ben Stacey en Mayfair.

—Pues no lo sé —Ben, un hombre que había trabajado con Luke los últimos cuatro años, se encogió de hombros—. Soy un agente de la propiedad inmobiliaria, un tasador. En alguna que otra ocasión trabajamos con edificios protegidos, pero suelen tener razones históricas o arquitectónicas para acogerse a esa protección. Nunca se me había ocurrido pensar que una fila de tiendas que se van a demoler pudieran entrar en esa categoría.

—A mí tampoco —respondió con dureza—. Estoy seguro de que es un movimiento de Hughes para intentar conseguir que le suba la compensación por tener que buscarse un local nuevo para su dichoso estudio.

Ben sonrió.

—Creía que la petición tenía cien firmas.

—Y las tiene.

—¿Entonces?

—Que ha sido cosa de Hughes. Estoy seguro.

¿Podía estarlo en realidad? Abby no tenía por

qué pensar bien de él después de cómo se había comportado la tarde en que fue al café. Y después...

No quería pensar en lo de después. Su comportamiento había sido imperdonable. La había utilizado para después desaparecer mientras dormía.

No era su intención, desde luego. De hecho, había sido una de las cosas más difíciles que había hecho nunca. Él quería quedarse, pero habría sido una locura. El problema es que ella no iba a perdonárselo. Bueno, él tampoco a sí mismo.

Si solo pretendía preguntarle por lo de la petición... pero es que al verla recién salida de la ducha, había perdido la cabeza. Y aquel olor... Dios, aún podía percibirlo.

—¿Y qué vas a hacer?

Era Ben quien le hablaba, y él había estado mirando por la ventana de su despacho del cuarto piso.

—¿Qué?

—Con la petición —respondió Ben, mirándolo con curiosidad, primero a él y luego por la ventana—. ¿Se puede saber qué pasa ahí fuera? No has oído una sola palabra de lo que te he dicho estos últimos quince minutos.

—Perdona —sonrió—. Soñaba despierto.

—Pues el sueño debía ser cosa seria —comentó, sonriendo—, y si tuviera que apostar, diría que hay una mujer de por medio. ¿Me equivoco?

Luke se pasó una mano por el pelo.

—Hay mujeres que han firmado la petición, claro. ¿Y qué? —evitó mirarlo a los ojos—. En fin, tengo que irme. No he hecho nada aún.

–De acuerdo –contestó él abogado, levantándose de la mesa–. En cuanto sepas algo, me cuentas, ¿vale?

–Claro –dijo Luke, estrechándole la mano–. Y si conoces a alguien que sepa de estas cosas, le dices que me llame.

–Bien. Y saluda a la dama de mi parte.

Abby volvía de su habitual paseo con Harley cuando vio el Bentley plateado aparcado al final de la calle.

El cielo estaba encapotado y comenzaba de nuevo a llover, pero se detuvo al ver el coche. Nadie a quien quisiera conocer conducía un Bentley. Y allí estaba.

Harley se estaba impacientando. Debía llevar unos minutos allí plantada, y era la hora de su cena. La puerta del coche se abrió y Abby se puso tensa. Cuando una voz masculina la llamó, la boca se le quedó seca. No necesitó oír el ladrido encantado de Harley para saber que era alguien conocido. Le resultó difícil sujetar al perro cuando el animal quería salir corriendo, pero lo logró. Luke hablaba con alguien que iba dentro del coche. ¿Su novia? ¿Eran todos los hombres tan poco escrupulosos como Harry si podían salirse con la suya?

Luke se quedó de pie donde estaba, delgado, moreno y dolorosamente conocido para ella con aquel traje azul marino, camisa blanca y corbata azul marino. El pulso se le aceleró automáticamente y se despreció por ello. La última vez que lo había visto estaba desnudo, y respiró hondo para controlar la atracción que aún podía debilitarle las rodillas. Qué cara tenía presentándose allí. ¿Acaso esperaba que ella se comportara como si lo de aquella noche no hubiera ocurrido?

–Vamos, Abby, te llevo al café. Te estás empapando y yo, también.

–Algo que a ti parece gustarte mucho últimamente –replicó–. ¿Qué quieres, Luke? Si te preocupa la petición, ve y habla con Greg.

Luke se separó del coche, una vez más sin importarle que la ropa se le mojara, y el perro se volvió loco.

–Suéltalo, Abby –dijo él al ver lo que le costaba controlarle–. Vas a acabar de narices en un charco.

Abby no le hizo caso, pero tenía que pasar al lado de su coche para llegar a su casa. Evitó deliberadamente mirar al interior del coche al pasar, pero el perro se estaba volviendo tan incontrolable que no tuvo más remedio que soltarlo.

Abby logró llegar rápidamente a la puerta de su casa y, mientras la abría, no pudo dejar de imaginarse con satisfacción lo que las patas del retriever iban a hacerle a su traje.

Tuvo que dejar la puerta abierta para que entrase el perro. Se quitó los zapatos y con ellos en la mano subió a su casa. Luke no tendría la cara tan dura de plantarse allí.

Entró en la cocina, se quitó la cazadora y la dejó en el respaldo de la silla. Allí se secaría cuando metiera la pizza en el horno. Intentó no mirarse en el espejo que había sobre la chimenea, pero el pelo despeinado y la cara pálida llamaron su atención. «¿Y qué?», pensó, pasándose las manos por el pelo. ¿Por qué tenía que importarle qué aspecto tuviera? Lo último que quería era que Luke mostrase algún interés en ella.

Oyó la puerta de abajo y las patas del perro al subir los peldaños de la escalera. Debería cerrar la puerta. Salió a la escalera y, al mirar hacia abajo, vio a Luke en el vestíbulo. Escurría agua en el felpudo, y apoyaba un hombro con descuido en el marco.

Luke vio su gesto indignado al verlo. Demonios, ¿es que se imaginaba que iba a esperar bajo la lluvia?

En realidad, era donde debería estar. Se despreciaba por haber vuelto, pero es que tenía que volver a verla, aunque fuera solo para demostrar que había exagerado el efecto que había tenido en él, la química que había entre ellos y que no le dejaba dormir tranquilo.

Pero viéndola... aquella noche iba con vaqueros ceñidos, que acentuaban sus largas piernas y la curva de sus nalgas, y una camisa verde oliva abierta en el cuello que dejaba ver el inicio de sus senos. Apenas iba maquillada, pero es que no lo necesitaba porque tenía una piel tan tersa y suave como la de un melocotón.

–¿Puedo subir? –le preguntó antes de que lo echara–. Me gustaría hablar contigo.

–¿Por qué me lo preguntas? Haces lo que te da la gana diga yo lo que diga.

–Abby... –suspiró, y cerró la puerta antes de dirigirse a las escaleras–, sé que te he molestado...

–¿Tú crees?

–...pero hay cosas que tenemos que decirnos.

–¿Ah, sí? «Adiós» no estaría mal para empezar –respondió, entrando.

Luke movió la cabeza y entró sin hacerle el menor caso.

–Sé que me comporté como un cerdo la última vez que estuve aquí. Déjame que por lo menos te diga que lo siento.

Abby sacó de un armario una bolsa de comida de perro y llenó el cuenco de Harley.

–Ahí tienes, chico –le dijo al animal en un tono completamente distinto al que había empleado con él–. Tienes hambre, ¿verdad?

Luke se acercó.

–¿Tú también tienes hambre?

–No te estoy invitando a cenar.

–Lo sé –suspiró–. Era yo quien te iba a invitar a cenar.

Abby lo miró a los ojos.

–No estarás hablando en serio, ¿verdad?

–Pues sí. Según mi padre, hay un pub en el pueblo de al lado que tiene una carne bastante decente. Déjame hacer algo para demostrarte que no soy el cerdo egoísta que tú crees que soy.

–¿Y crees que pagarme un filete va a hacer que cambie de opinión?

–No, pero espero que por lo menos te demuestre que siento mucho haberme comportado como lo hice.

–Y claro, esto no tiene nada que ver con la petición de la que has oído hablar, ¿verdad? ¿Estás seguro de que no has venido para ver de qué te puedes enterar?

Luke frunció el ceño.

–¡Vamos, Abby! La invitación no tiene nada que ver con la petición de Hughes.

–¿No?

–No. Me gustaría tener la posibilidad de hablar contigo sin que Harley o cualquiera de tus clientes nos interrumpa.

Capítulo 8

ABBY dudaba.

Debería decirle que no, pero defendió su derecho a cambiar de opinión.

Respiró hondo.

–¿De qué quieres hablar? Podríamos haber hablado la otra mañana, pero te largaste a toda prisa.

–¿Habrías preferido que tus vecinos me vieran saliendo de aquí antes de que hubieras abierto el café, y que sacaran conclusiones?

Abby se rio con incredulidad.

–No me estarás diciendo que te marchaste de aquí en plena noche para proteger mi reputación, ¿verdad?

Luke tuvo la decencia de ponerse colorado.

–No exactamente.

–No en absoluto –le corrigió–. Me sorprende que hayas tenido el valor de volver a presentarte aquí.

–Lo cual debería darte alguna pista sobre mi carácter –replicó–. ¡Vamos, Abby! Dame una oportunidad.

–No estoy preparada –dijo ella por ganar tiempo para pensar–. Y llevas los pantalones mojados.

–Se me secarán enseguida. Tú estás perfecta.

Ella lo miró en silencio.

–No voy a volver a acostarme contigo –le espetó.

–De acuerdo.

Seguramente habría accedido a cualquier cosa que le pidiera.

–¿Vienes?

–Tengo que ducharme –respondió Abby, esperando que perdiera la paciencia y se marchara.

–Hazlo después. Está lloviendo, ya sabes, y te vas a mojar de todos modos.

Podría haber discutido un poco más, pero en el fondo no tenía ganas.

–Está bien –dijo por fin, y se dirigió al dormitorio–. Tardo un minuto. Voy a peinarme.

Pero cerró la puerta y echó el pestillo, asegurándose de que lo oyera. Por mucho que quisiera justificar lo que estaba haciendo, no podía negar que si la seguía al dormitorio, igual acababan en la cama otra vez.

¡Qué idiota era!

Estaban ya abajo, después de haber dejado a Harley en el salón, cuando Abby recordó que no estaba solo.

–Espera –dijo–. No venías solo, ¿verdad? Si es una de tus novias, no...

–No tengo novias –replicó, irritado–. Ven, que te presento a Felix.

Abrió la puerta y Abby se sorprendió al ver el

Bentley aparcado delante, como si la señal de «Prohibido Aparcar» no existiera.

La puerta del conductor se abrió y un hombre bajó. Era mayor que Luke, pero no mucho más, delgado y con poco pelo. Su cara era agradable e iba vestido de negro.

Sonrió al verlos y abrió la puerta de atrás.

—Buenas noches, señorita —dijo educadamente—. Una noche desapacible, ¿eh?

Abby se sonrió y Luke, también.

—No le hagas caso —dijo él de buen humor—. Se le olvida que está de servicio.

—¿Trabaja para ti?

—Pues claro —contestó él, subiendo—. Te presento a Felix Laidlaw, chófer, mayordomo e incluso cocinero a veces. ¿No es así, Felix?

—Si tú lo dices —el tono de Felix no comprometía a nada—. Pero no se tome muy en serio lo que le diga, señorita. Luke y yo nos conocemos desde hace mucho, y estuvimos juntos en el ejército, ¿verdad, Luke?

Si Abby no le hubiera estado mirando en aquel momento, no se habría dado cuenta de la mueca de Luke, pero con la puerta aún abierta, la luz del coche estaba encendida y le vio fruncir el ceño, como si estuviera advirtiéndole que no siguiera por ese camino.

Pero siguió.

—Me salvó la vida en Afganistán, ¿sabe? Debe hacer ya más de diez años, ¿no, Luke?

—Anda, calla y conduce —replicó, y cerró la

puerta–. Vamos a The Bell, en Chitterford. Creo que lo conoces.

Felix no se ofendió y siguió charlando lo que duró el viaje, lo cual Abby le agradeció.

The Bell resultó ser un pequeño pub cuyo restaurante tenía muy buena reputación. Fue entrar y verse asaltados por un aroma delicioso de comida, y aunque Abby había dicho no tener hambre, los platos eran demasiado tentadores como para rechazarlo.

–Este sitio es encantador –comentó ella, reparando en el mantel blanquísimo, las rosas en un pequeño jarrón y una pequeña lámpara con la pantalla rosa–. ¿Habías venido ya?

–Yo, no. Mi padre.

Se les acercó una camarera para tomar nota de la bebida y él, que parecía no haber olvidado que le gustaba el vino blanco, pidió una copa de chardonnay para ella y, para él, una cerveza.

–Es verdad –asintió ella–. Me habías dicho que tu padre vive en Bath. Debe ser muy agradable.

–Tú también lo eres –respondió en un tono peligroso, y ella enrojeció.

–No digas eso –contestó, molesta consigo misma por permitir que la desconcertase–. Háblame de Felix. ¿Qué es eso de que le salvaste la vida?

–Que exagera.

–Pues a mí no me ha dado esa impresión.

–El helicóptero que yo pilotaba tuvo que hacer un aterrizaje de emergencia en Afganistán. Felix estaba herido, y yo lo saqué del aparato.

–¿Se había incendiado?

–No me hagas parecer un héroe, Abby.

–Pero sabes pilotar un helicóptero.

Luke negó con la cabeza.

–Hablemos de otra cosa, anda. ¿Viven tus padres cerca de Ashford?

–No –hizo una pausa–. Mi padre murió en un accidente de tráfico cuando yo tenía cinco años, y mi madre murió... hace unos años.

–Lo siento –dijo, y sonó a verdad. Hubo un instante de silencio y Luke tomó la carta que les había dejado la camarera–. Bueno, ¿qué te apetece cenar?

Era difícil elegir, pero al final se decantó por un aguacate con jamón seguido de lubina con vieiras en salsa de mantequilla. Él pidió también la lubina y un chuletón.

–¿Y tú? –preguntó ella tras otro momento de silencio–. Has dicho que tu padre vive en Bath. ¿Y tu madre?

–Mi madre no vive con nosotros. Nos abandonó cuando yo tenía diez años. No es que mi padre sea pobre, pero encontró a otro con más dinero.

–¿Tienes contacto con ella?

–No –estaba claro que no quería hablar del tema–. Lo último que supe es que va ya por el cuarto marido, pero ni sé dónde está, ni me importa.

Pero a Abby le dio la sensación de que sí le importaba. Aun así, se atrevió a preguntarle:

–¿Por eso tú no te has casado?

–Sí que me he casado, Abby –respondió con innegable amargura–. De hecho, me casé con la chica con la que había estado saliendo antes de que aparecieras tú.

–Ah. Entonces... tú tampoco eras libre cuando nos conocimos –le desafió.

La expresión de Luke se volvió hosca.

–Sí que lo era, Abby. Yo no me comprometo. Cualquiera podría habértelo dicho.

–Entonces...

–Fui lo bastante estúpido para pensar que eras tan inocente como parecías. Y luego... bueno, me enteré que no lo eras.

Ella no dijo nada más.

–Pero el matrimonio no duró. Como te he dicho, yo no me comprometo. Pero tampoco Sonia sufrió mucho por ello. Estoy casi seguro de que consultó el saldo de mi cuenta bancaria antes de aceptar el anillo de pedida.

–Eres muy cínico, ¿no?

–¿Y me culpas? Supongo que ahora vas a decirme que tú no.

–Espero no serlo. Y seguramente tendría más razones que tú.

Luke la miró muy serio.

–Estoy seguro de que crees poder justificar lo que hiciste, pero perdóname si no lloro por ti.

Abby apretó los dientes. Sintió ganas de levantarse e irse, pero en aquel momento llegó la camarera con la cena y se sintió obligada a permanecer en la silla. Tuvo que contentarse con mirarlo fijamente hasta que la mujer se marchó.

–No esperarás que me quede a cenar contigo después de lo que has dicho.

Luke suspiró.

–Tampoco voy a disculparme por ello.

–No esperaba que lo hicieras. Pediré un taxi.

Pero cuando iba a levantarse, Luke la sujetó por un brazo.

–No debería haber sacado todo eso, pero es que has empezado tú preguntándome por mi madre. Casi le destrozó la vida a mi padre.

Abby se humedeció los labios.

–¿Y esa es tu excusa?

–Sí.

–¿Me estás queriendo decir que yo te destrocé la vida a ti?

Pareció sorprendido por sus palabras.

–No, no. Pero no te vayas. Si prometo comportarme, podemos intentar disfrutar de la noche. La comida huele bien, tienes que admitirlo, y a pesar de todo, me gusta tu compañía.

–No me digas...

–Sabes que sí.

Abby respiró hondo.

–Está bien –dijo, casi convencida de que lo iba a lamentar–. Sería una vergüenza rechazar esta comida.

–Tu magnanimidad es sobrecogedora –dijo, pero rápidamente alzó una mano al ver que iba a volver a protestar–. Come. Y disfruta del vino. Además, dice el refrán que el alcohol calma a la bestia.

–Es la música –replicó ella, con un esbozo de sonrisa–. Pero este vino está delicioso.

A pesar del comienzo que habían tenido, las horas que pasaron allí fueron unas de las más agradables que había tenido nunca. Y es que cuando no era provocador o sarcástico, Luke era una compañía muy agradable. Pero eso ya lo sabía.

Podría haberle amado, pensó. Se habría divorciado de su marido sin dudar, si las circunstancias de su madre no hubieran sido las que eran.

Felix los llevó de vuelta a Ashford-St-James poco después de las diez. Abby le había dicho que tenía que levantarse a las cinco para ir por suministros, pero aun así, cuando llegaron a su casa, se sintió obligada a invitarle a tomar café.

–Tú también estás invitado, Felix –le dijo, con la esperanza de que accediera.

Pero él se disculpó diciendo que iba a comer algo antes de que Luke lo llamase para volver a casa.

Agradeció que Harley les ofreciera una distracción al entrar. El animal estaba deseoso de saludar a la visita y mientras, Abby entró en la cocina y cargó la cafetera. Habría sido más fácil hacerlo instantáneo, pero no era lo mismo.

No se dio cuenta de que Luke había entrado en la cocina hasta que lo vio apoyado contra uno de los armarios. Se había aflojado la corbata, desabrochado el botón de la camisa y remangado los puños.

¿Por qué demonios tenía que imaginárselo desnudo? Pues porque era un hombre increíblemente sexy, se contestó, apartando la mirada de él y centrándose en el café. Había conseguido ignorar, o al menos controlar, la atracción que ejercía sobre ella durante toda la noche. ¿Era mucho pedir prolongarlo un poco más?

Sin embargo allí, a solas en su piso, su cuerpo parecía haber cobrado vida.

–¿Por qué no te sientas? –le ofreció–. Me estás poniendo nerviosa.

Él arqueó las cejas.

–¿Ah, sí?

–Lo sabes de sobra. ¿Es que te gusta molestar?

–Me he debido perder algo. ¿Qué he hecho para merecerme este trato?

–Nada –respondió, consciente de que no estaba siendo razonable–. No has hecho nada. Supongo que estoy cansada y eso es todo. He tenido un día muy largo.

–¿Quieres que me marche?

¿Marcharse? ¡No!

Abby lo miró, y al encontrarse con sus ojos oscuros fue consciente de que estaba pisando terreno peligroso.

–Haz... haz lo que quieras. A mí me da igual que te quedes o que te vayas.

Capítulo 9

NO ERA cierto, por supuesto, y cuando Luke volvió a hablar, se dio cuenta del error que había cometido.

–¿Y si te dijera que me quiero acostar contigo? –le preguntó como si tal cosa–. ¿Crees que podría hacer lo que quisiera?

–Ya te dije cuando nos vimos que...

–Ya sé lo que me dijiste.

–Vale –Abby tomó la bandeja con las dos tazas–. Vamos a tomarnos el café como dos personas civilizadas.

La llevó al salón y la colocó sobre la mesa, con lo cual tenían que sentarse en el sofá con sus cojines multicolores. Unos cojines que estaban literalmente cubiertos de pelo de perro, pero a Luke no pareció importarle.

–Gracias –dijo él, cuando Abby le entregó su taza, y añadió con un poco de sarcasmo–. Se está bien aquí. Y pensar que he estado a punto de rechazar tu invitación.

–¿Ah, sí? Entonces entenderás por qué me disgustaría tanto tener que dejar este sitio.

Luke respiró hondo.

–Ya. Así que me has invitado a tomar café para hablar de la petición, ¿no? –dejó la taza en la bandeja–. Supongo que la tuya es una más de las ciento y pico firmas que se supone que tiene Hughes.

–Pues no –replicó–. De hecho no sabía nada de la petición hasta que me lo contó Joan Millar.

Luke arrugó el entrecejo.

–¿Y pretendes que te crea?

–Yo no pretendo nada. Puedes creer lo que te dé la gana, pero no soy mentirosa.

–Pero estarás de acuerdo con su opinión –insistió él–. Acabas de decirme que te daría mucha pena marcharte.

Abby suspiró.

–Pues sí, lo sentiría mucho. Pero no sé nada de la petición de Greg. Supongo que ha debido pensar que no estoy convencida para firmarla.

Luke la miró con curiosidad.

–¿Y por qué iba a pensar eso?

–¿Tú qué crees?

–No lo sé. Por eso te lo pregunto.

Estaba claro que no le creía.

–Porque piensa que soy amiga tuya, supongo. No es tonto y seguro que se dio cuenta de que nos conocíamos antes de que aparecieras en el café.

–¿Y qué le has dicho tú?

–¿Yo? Nada. ¿Qué le iba a decir? ¿Que nos conocimos hace cinco años en un bar, y que estabas decidido a defender mi honor antes de descubrir que era una esposa infiel? –hizo una pausa para dejar la taza–. ¿O preferirías que le hubiera contado que te vengaste de mí seduciéndome hace una semana, para luego largarte sin tan siquiera decir adiós?

—¡Eso no es cierto!

—¿Que no es cierto? Te acostaste conmigo.

—Sí, pero desde luego no te seduje, Abby. Que yo recuerde, tú no me rechazaste.

Abby se levantó.

—Creo que será mejor que te vayas.

—¿Por qué? —la miró fijamente a los ojos—. ¿No te gusta la dirección que está tomando esta conversación? ¿De verdad vas a decirme que no me deseabas tanto como te deseaba yo a ti?

Abby se acercó a la puerta

—Vete —insistió, dándose la vuelta como si no pudiera soportar mirarlo—. Es demasiado tarde para esta conversación.

—En eso estoy de acuerdo.

Luke se levantó y fue hasta ella, sin hacer caso de las monerías que le hacía Harley, y la abrazó desde detrás.

—Abby, vamos a dejar de discutir. No tienes ni idea de lo que me haces.

Le bastaba con saber lo que él le hacía a ella.

—¡No lo hagas, Luke!

—¿Por qué no? —con la lengua buscó el pulso que le latía debajo de la oreja y deslizó el pulgar sobre sus labios—. ¿De verdad puedes decir que no es esto lo que quieres?

No pudo evitar buscar su pulgar con la lengua y que un hambre honda le creciera en el vientre. Luke era adictivo.

Sintió su mano en el pecho, y su pezón se endureció aun sintiéndolo a través del tejido de la camiseta. ¿Qué había de malo en entregarse a él? ¿Por qué negarse el simple placer de sus caricias?

−¿Quieres que me vaya? −le preguntó en voz baja, y la hizo girar la cara hacia él.

Que Dios la ayudara, porque no se resistió, sino que permitió que capturase sus labios y que invadiera su boca con la lengua.

La cabeza le daba vueltas, pero no era por el vino que había bebido antes, sino que sus besos le causaban una especie de aturdimiento sensual que no sabía controlar. Su calor la envolvía en una especie de capullo de necesidad que era imposible de negar.

Deslizó las manos sobre su pecho y sintió el latido fuerte de su corazón.

−Abby −gimió él cuando le abrió dos de los botones para besar su piel, pero no le hizo caso. Había descubierto que su piel estaba húmeda y salada, y ligeramente tapizada de vello, y le había recordado el camino que describía por debajo de su ombligo hasta llegar a rodear su sexo.

Qué tentación... era un recuerdo que llevaba tanto tiempo reprimiendo. Hacía tantos años que se habían besado en el coche aparcado delante del edificio en que vivía con Harry. Recordaba lo nerviosa que se había puesto antes de hacer la llamada. Cómo se habían encontrado en el bar, y cuál había sido su expresión cuando Harry le había dicho que era un idiota por haber confiado en ella.

¿Y qué estaba haciendo ahora? ¿Quería que pensara que era tan fácil?

Su beso se volvió más intenso y hondo, y sintió la presión de su sexo detrás de la cremallera. Con un movimiento Luke introdujo una pierna entre las suyas, y Abby sintió también húmedo su propio sexo.

Harley gimió, y con ello le hizo recuperar la cordura. No podía olvidar que, a pesar de que Luke la deseara, estaba convencido de que ella había seguido viviendo con Harry para poder disfrutar de una vida de lujos. La creía una niña rica en busca de diversión.

Si él supiera. Si le hubiera dejado explicarse...

Lo había intentado una vez y sin éxito.

Por otro lado, no debía olvidarse de que estaba dispuesto a dejarla a ella, y a unos cuantos más, sin su modo de ganarse la vida.

Respiró hondo y dio un paso atrás.

–¿Podemos hablar? – le preguntó.

Luke se pasó una mano por el pelo.

–¿En serio?

–Pues sí.

–Abby, ¿sabes lo que está pasando aquí? –tenía coloradas las mejillas y su tono era impaciente–. ¿De qué quieres que hablemos precisamente ahora?

–De Harry.

–¡Venga ya! –exclamó, mirándola con incredulidad–. Creía que ya habíamos hablado de eso.

–Pues te equivocas. Bueno, yo estaba equivocada. Tengo que contarte por qué me quedé con él cuando...

—Otra vez no, Abby —protestó—. Sé perfectamente por qué estabas con él.

—No, no lo sabes.

—No soy tonto, Abby. Ese tío era una mina de oro, y tú no eras la primera mujer que se casa con un hombre por su dinero.

—No podrías estar más equivocado.

—¿Ah, no? —hizo una pausa—. No vayas a pensar que yo estoy disponible para una relación así. Quedé curado de eso hace cinco años.

—¡Eres un bastardo!

—Ya me han llamado eso antes. ¿No te parece que está un poco anticuado?

Abby lo miró con los ojos muy abiertos.

—Entonces... ¿estás pensando en serio que yo puedo querer ser tu amante?

—¿Y por qué no?

—¡Que hiciera el amor contigo la última vez que estuviste aquí no significa que sea una puta!

—¿Yo he usado esa palabra?

—No era necesario.

—Pues perdóname —respondió con sarcasmo—, pero me cuesta sentir simpatía por una mujer que engaña a su marido.

—Tú no sabes nada de mi marido y yo.

—Y no quiero saberlo —respondió, recogiendo su chaqueta—. Tienes razón. Lo mejor será que me vaya.

—Seguramente.

Pero antes de que hubieran hecho otro movimiento, Luke deslizó una mano por debajo de su camisa. Abby intentó separarse, pero la tentación era muy fuerte. Quería que la tocase. Se estaba derritiendo por dentro, anticipando sus caricias.

Sin darle la oportunidad de que volviera a separarse, la tumbó en el sofá y tras apoderarse de su boca, preguntó con arrogancia:

—¿Qué era eso que estabas diciendo de que no querrías ser mi amante?

Capítulo 10

LUKE estaba de un humor de perros cuando volvió de Edimburgo.

El tiempo había sido horrible, como era de esperar, y la conferencia un aburrimiento. Y para colmo se había pasado la mayor parte de los tres días esquivando los asaltos de la hija de su anfitrión.

Ya de vuelta en casa, la señora Webb, su ama de llaves, le había preparado una cena deliciosa, que él se dejó casi sin tocar. Mientras la recogía, la señora Webb supo que lo mejor que podía hacer era no hacer comentario alguno sobre su apetito, pero su expresión lo decía todo. Aun así, le preguntó si querría tomar un café en la biblioteca.

–Sí, gracias –contestó él, obligándose a sonreír–. Me parece bien.

Pero la palabra «café» despertaba recuerdos inquietantes. Habían pasado ya varias semanas desde que había estado en el apartamento de Abby, pero aun así, el recuerdo era todavía demasiado vívido, y no dejaba de traerle a la memoria su pésimo comportamiento.

Por enésima vez se preguntó por qué había vuelto a ir a verla, ya que no tenía intención de seguir adelante con aquella relación. Aunque su primera idea había sido pedirle disculpas por lo ocurrido en su otra visita, en cuanto ella le había mostrado indiferencia, su orgullo lo había empujado a olvidarse de sus buenas intenciones.

En fin... al menos, tenía que reconocer que había disfrutado cenando con ella. puede que incluso demasiado. Por eso había acabado haciendo lo que cualquier hombre de sangre caliente habría hecho: tener sexo con ella. Pero la clase de sexo que no podía quitarse de la cabeza. ¿Eso era excusa? Pues no.

Al marcharse no le había preguntado si podía volver a verla. O al menos debería haber rematado el encuentro con una llamada. En el fondo le molestaba ser consciente del poder que ejercía sobre él, algo que no le había pasado antes con ninguna mujer. Con el ritmo frenético de aquellas últimas semanas, llenas de reuniones, seminarios y conferencias, no debería haber tenido tiempo de pensar en ella.

Además, no era precisamente un ángel, sino más bien lo contrario, teniendo en cuenta cómo había tratado a su marido. Y, sin embargo, no había modo de quitársela del pensamiento.

Abby se despertó con un buen dolor de cabeza.

No solía dolerle, como tampoco era habitual en ella despertarse con el estómago revuelto. «Ay, Dios, espero no haber pillado la gripe», pensó. Rondaba la epidemia, a pesar de estar a mediados de agosto.

De haber podido, se habría quedado en la cama, pero mientras llevase ella sola el café, y aún no había recibido la notificación de que debía desalojarlo, tendría que seguir como si nada hubiera cambiado.

La habitación comenzó a darle vueltas al entrar en el cuarto de baño, y apenas tuvo tiempo de llegar al inodoro para vomitar. Menos mal que no tenía mucho en el estómago.

Se duchó y se vistió para bajar a abrirle la puerta a Harley y que pudiera salir al jardín de atrás. El pobre parecía haberse dado cuenta de que algo no iba bien aquella mañana y no hacía más que dar vueltas a su alrededor.

Una vez le hubo puesto el desayuno, bajó rápidamente al café para encender la cafetera. Era un poco más tarde de lo habitual, de modo que se conformó con una taza de té para desayunar.

Por lo menos no tenía que ir a la compra aquella mañana, así que podía ponerse directamente con los dulces, pero el olor de la masa volvió a revolverle el estómago, y tuvo que prepararse una tostada para calmarlo.

Se sintió bastante mejor, de manera que pudo terminar la tarea. Debería pensar en buscarse una ayudante, aparte de Lori.

Qué tontería. En cuestión de meses, no habría café del que preocuparse, así que, en lugar de pensar en ayudantes, debería andar buscando sitio para vivir y trabajar, una vez fuera demolido el café.

La verdad es que había evitado deliberadamente pensar en el futuro desde que se había dado cuenta de que Luke no quería volver a verla. Ya habían pasado unas cuantas semanas y ni siquiera la había llamado.

Nunca debería haberlo invitado a entrar. Sabía que era buscarse problemas. Pero después de haber estado cenando juntos, casi le parecía lo obligado.

O quizás había sido una excusa. ¡Que idiota había sido! Primero le dice que jamás sería su amante, y un momento después, se tiran al sofá. Sin molestarse siquiera en ir al dormitorio. ¡Y de no haber habido sofá, lo habrían hecho en el suelo!

Esa era la verdad.

Por lo menos, en aquella ocasión, no se había largado sin despedirse. Es más: su beso de despedida la había convencido de que volverían a verse. Sabía que aún estaba excitado, y que no quería marcharse, pero el pobre Felix lo estaba esperando y tenía que dejarlo marchar.

A veces tenía la impresión de que tanto su pasado como su futuro pasaban por él. Había influido en su vida hacía cinco años, y seguía haciéndolo. Su encuentro había tenido un efecto desastroso en su matrimonio, aunque en realidad, no había sido culpa suya. Solo ella lo había puesto en peligro, y había pagado bien por aquel error. Su exmarido se había ocupado de ello.

Mudarse a Ashford-St-James había estado motivado precisamente por el deseo de dejar atrás su anterior vida. No esperaba tener que enfrentarse de nuevo a Luke o a Harry.

Y seguro que él tampoco esperaba volver a encontrársela. Cuando había entrado en el café aquella mañana, su asombro había sido tan palpable como el suyo.

La vida podía ser impredecible, se dijo mientras pasaba unos bollitos a otra bandeja a enfriar. Impredecible y tremendamente cruel.

En otro lugar y en otro momento, Luke y ella habrían tenido la oportunidad de ser algo más que amantes ocasionales. O eso le gustaba pensar. No podía negar que, cuando estaban juntos, solo podía pensar en él. La llenaba tanto mental como físicamente.

¿Lo amaba?

Aquel pensamiento la pilló por sorpresa, y suspiró. Cinco años antes, podría haberlo querido. Por eso había hecho algo que no se había atrevido a hacer nunca: llamar a un hombre que no era su marido. Lo había llamado ya de noche, y se había citado con él en un lugar en el que Harry no pudiera encontrarlos, particularmente después de la pelea que había tenido con él. Se sentía desesperada por hablar con otro ser humano, alguien que no transformara cada palabra que decía en una amenaza, algo en lo que Harry era un experto. No cesaba de decirle que no podía confiar en ella, y ella tardó tiempo en darse cuenta de que era una artimaña para justificar su propio comportamiento. Aquella noche llegó a temer por su vida. Era evidente que disfrutaba asustándola, pero, cuando le rodeó el cuello con las manos, incluso él pareció asustarse de su propia violencia.

Unos minutos después se marchó, diciéndole que no volvería hasta el día siguiente, y ella se quedó tirada en el suelo, donde él la había dejado, demasiado aturdida para moverse.

Poco a poco, la alegría de estar viva la ayudó a levantarse y fue al baño. Quería mirarse al espejo y asegurarse de que no había sangre en las heridas. Era raro que le dejase marcas de su crueldad, pero aquella noche había perdido por completo el control.

Aparte de las marcas de los brazos, las costillas y el abdomen, tenía marcados sus dedos en el cuello. Todo el cuerpo le dolía, y tenía miedo de que no parase hasta matarla.

Durante un rato estuvo bajo el agua caliente de la ducha, intentando borrar el recuerdo de aquellas últimas horas. Sentía un frío dentro que ni siquiera el agua hirviendo parecía capaz de borrar.

Entonces recordó la tarjeta que le había dado Luke Morelli, entró a toda prisa en el dormitorio y fue en su busca.

La había ocultado en el cajón de la ropa interior, aunque temía que también allí Harry la encontrase. Pero en realidad, a pesar de sus acusaciones, su marido la creía incapaz de serle infiel. Sabía que no podía arriesgarse a serlo por el bien de su madre.

Reunirse con Luke aquella noche había sido el acto más irreflexivo que había hecho nunca, y jamás se había sentido tan contenta de ver a nadie como aquella noche en Parker House.

Con qué ganas se habría echado en sus brazos.

A media mañana de aquel día, Abby salió de la librería a tomarse su habitual taza de café. Había tenido bastante lío, y se sentía muy cansada.

–Hola –saludó a Lori antes de servirse el café–. Vengo a verte un rato.

–Genial –contestó. Lori era una mujer delgada y atractiva de treinta y pocos años, que sonrió y apoyó los codos en el mostrador–. Está todo tranquilo.

–Ahora –repitió, llenando dos tazas–. ¿Te apetece un *muffin* de plátano?

–Me lo has quitado de la boca. Si trabajara aquí la jornada completa, me pasaría el día probando la repostería. Me pondría como un tonel.

–¿Tú? Venga ya –puso la magdalena en un plato y se lo acercó–. Que lo disfrutes.

–Eso pienso hacer.

Lori tomó un bocado con cara de auténtico deleite.

–¡Está deliciosa!

–Me alegro de que te guste. Es una receta nueva que encontré en...

La náusea la pilló completamente desprevenida, y levantando una mano para pedirle disculpas a Lori, salió a todo correr hacia el baño que estaba junto a la zona de almacén.

Se estaba echando ya agua fría en la cara cuando

Lori llamó con los nudillos a la puerta, que había dejado abierta.

–¿Abby? ¿Estás bien?

–Sí, ahora sí –se secó la cara con una toallita de papel y sonrió–. Perdona.

–No hay nada que perdonar. ¿Has vomitado más hoy?

–Solo esta mañana antes de bajar. Bueno, en realidad llevo unos días con el estómago revuelto, pero vomitar solo he vomitado hoy.

–¿Qué crees que es?

–No lo sé. Algo que habré comido, supongo –hizo una pausa–. ¿Crees que debería cerrar el café?

–Eso depende. ¿Has comido algo raro últimamente?

–Pues... no, que yo recuerde.

–Abby... no te tomes a mal lo que voy a decirte, pero no estarás embarazada, ¿verdad? Llevas un par de semanas un poco... paliducha.

Abby la miró asustada.

–¿Embarazada? Yo... no, claro que no.

Lori cambió de postura.

–Pero te has estado viendo con el hombre ese que ha comprado las propiedades de Gifford, ¿no? Luke Morelli. Lo reconocí nada más verlo entrar en el café la semana pasada –hizo una mueca–. La culpa es de las revistas de cotilleo. Es bastante famoso, ¿sabes?

–¿Ah, sí?

Era una faceta de Luke que desconocía. En realidad, ¿hasta qué punto lo conocía? No mucho.

–Pero... ¿cómo has sabido que he salido con él?

Lori suspiró.

–Me lo ha dicho Greg. Es un cotilla. No le habría creído de no ser porque Joan Millar me dijo que había visto el coche de Luke aparcado delante del café hace unos días, cuando iba a ver a su hermana.

Abby se humedeció los labios.

–Sí, es verdad que vino a verme –concedió no sin cierta vergüenza–. Lo conocía antes de venir aquí –admitió–. Nos conocimos hace varios años en Londres, cuando yo todavía estaba casada.

–No tienes por qué contarme nada. Y lo del estómago debe ser algún virus de esos. En esta época del año es muy corriente.

–Sí.

Pero Lori parecía tan poco convencida como ella misma.

–A lo mejor... debería decirte también que Greg piensa que estás utilizando tu influencia con Luke Morelli para hacer que cancelen lo del derribo.

–¿Qué?

–Dice que por eso te estás viendo con él –asintió–. Que si alguien puede hacerle cambiar de opinión, eres tú.

Capítulo 11

NGELICA Ryan, la secretaria de Luke, le estaba esperando cuando llegó a la oficina. Parecía francamente preocupada. Poco antes lo había llamado para decirle que había recibido una carta personal en cuyo sobre se leía *Privado y Confidencial*, y que había sido franqueado en Bath.

Él no pensaba pasarse aquella mañana por sus oficinas de Canary Wharf, pero decidió ir a recogerlo. Le preocupaba que pudiera ser del médico de su padre, que venía quejándose de un dolor en el pecho. El abuelo había tenido problemas de corazón, de modo que temía que su hijo pudiera tener los mismos problemas.

El sobre no llevaba membrete, lo cual fue un alivio. De hecho ni siquiera parecía una carta oficial. ¿Quién iba a escribirle allí? Y si era una carta personal, ¿por qué no se la habrían enviado directamente a casa?

Entró en el despacho y se sentó.

–¿Le traigo algo, señor Morelli?

–Nada, gracias –contestó con el abrecartas en la mano, y esperó a que cerrara la puerta.

Abby estaba a punto de cerrar el café.

Quedaban solo dos personas, y estaban en la librería, hablando con Lori sobre el último best-seller de modo que, cuando se abrió la puerta exterior, Abby se tensó involuntariamente.

Llevaba dos días un poco nerviosa. Desde que envió la carta a la única dirección que tenía de Luke, estaba esperando que se presentara. Conociéndole, seguro que no le contestaría por teléfono.

Y cuando se volvió, vio que era él.

Venía en vaqueros y con una sencilla camiseta negra que realzaba su torso bien musculado. Estaba impresionante.

–Hola –saludó desde la puerta, y Abby se dio cuenta del repentino e inmediato silencio de la librería.

–Hola.

Seguro que Lori había oído las voces y no tardaría en salir, así que salió de detrás de la barra.

–Lori, me voy arriba –dijo, viéndola acercarse como se había imaginado–. ¿Cerrarás tú cuando termines?

–No hay problema –contestó, no sin antes mirar a Luke–. Nos vemos mañana.

–Sí.

Abby asintió, y con un gesto invitó a Luke a seguirla.

Harley los recibió en la puerta. Estaba esperando salir, pero pareció conformarse al ver a Luke, que se agachó a rascarle las orejas.

Estaba nerviosa, no podía negarlo, pero no lamentaba haberle enviado la carta.

–¿Un café? ¿Té?

¿Era su imaginación, o miraba más atentamente de lo que debiera los cojines del sofá, recordando quizás lo que había ocurrido allí hacía unas semanas? ¿Tendría pensado volver a ponerse en contacto con ella?

Luke se acercó a la cocina, y ella sintió un nudo en el estómago.

–Me temo que esta no es una visita informal. ¿Qué ha pasado? –preguntó él, alzando las cejas–. ¿Se ha recibido una respuesta afirmativa a la petición de Hughes?

–¿De verdad crees que te lo diría si así fuera?

–Bueno, es que no se me ocurre ninguna otra razón para que me hayas invitado a venir.

–Deduzco que no tenías pensado volver –respondió ella, intentando controlar su indignación.

Qué tonta era en todo lo concerniente a aquel hombre. Pues ahora iba a pagarlo bien, pero no estaba dispuesta a que se saliera con la suya.

–¿Es que esperabas que lo hiciera? –preguntó, casi burlón–. No voy a negar que eres una mujer hermosa, o que quería acostarme contigo. Sí que quería. Y todavía quiero. Pero ya te advertí que no buscaba compromiso. Y menos con una mujer en la que no puedo confiar.

La arrogancia de sus palabras la dejó muda un momento.

–No sabes nada de mí, Morelli –contraatacó–. ¡Y de mi vida, todavía menos!

–Sé que engañaste a tu marido. A mí tampoco me gustó ese cerdo, pero no se merecía que lo dejaras como un idiota.

–¿Tú crees? –Abby estaba indignada–. No sabes absolutamente nada de Harry Lawrence. Como todos los hombres, te limitas a asumir que la mujer debe ser la culpable. En lo único que estoy de acuerdo contigo es en que era un bastardo, pero no subestimes tus propias habilidades, Luke. En lo de ser un bastardo, tú te llevas la palma.

Él frunció el ceño.

–Si me has llamado solo para insultarme...

–No –tragó saliva. No era así como había pensado decírselo–. Estoy embarazada, Morelli, y antes de que te atrevas a hacerme la pregunta, es tuyo.

Luke sintió como si le hubieran dado una patada en el estómago.

No podía ser. Siempre tomaba precauciones. Nunca tenía sexo sin protección. Incluso estando casado con Sonia se había asegurado de no tener un embarazo no deseado. O a lo mejor es que en el fondo sabía que su matrimonio no iba a durar. Por mucho que le doliera tenía que admitir que Abby Laurence, o Lacey, lo había incapacitado para cualquier otra mujer. Entonces, ¿cómo demonios...?

Entonces recordó la primera ocasión en que subió a aquel apartamento. Abby acababa de salir de la ducha y él, como un imbécil, había perdido la cabeza.

¡Dios!

Saber que iba a ser padre le había dejado de piedra. Aquella chica, la misma de la que no había querido saber nada durante tanto tiempo, iba a ser la madre de su hijo.

Abby tenía las mejillas coloradas, y aunque su expresión seguía siendo beligerante, se dio cuenta de lo mucho que debía haberle costado soltarle algo así. Además, a alguien que acababa de insultarla.

—¿Y bien?¿No vas a llamarme mentirosa? Acabas de decir que no se puede confiar en mí.

—¿Cuánto tiempo hace que lo sabes?

—Me he hecho dos veces la prueba la semana pasada. Las dos veces dio positivo —estaba intentando parecer indiferente, pero no lo conseguía.

—¿De... de cuánto estás?

Se quedó inmóvil.

—No voy a abortar.

—¿Y yo te lo he pedido? —alzó una mano con la palma hacia arriba—. Solo quería... ¿sabes de cuántas semanas...?

—Echemos cuentas —ironizó—. La primera vez que nos acostamos fue hace cinco... seis semanas. Cuadra.

—Increíble.

—¿Qué? Yo no quería hacer esto, pero... cuando una amiga se enteró de lo que pasaba, insistió en que debía decírselo al padre.

Luke la miró un tiempo en silencio.

–Creo que ahora me vendría bien el té. ¿Te importa?

Abby se encogió de hombros, pero llenó el hervidor y lo puso al fuego, sacó dos tazas y metió dos bolsitas de té.

Mientras, Luke se sentó en el sofá, cerró los ojos y se pasó las manos por el pelo. Dios... Abby estaba embarazada. De él. ¡Iba a ser padre!

Dejó caer los brazos y respiró hondo, intentando calmarse. Un hocico húmedo en la palma de la mano le resultó sorprendentemente reconfortante. Harley lo miraba con sus ojazos cálidos, y se dio cuenta de que el perro había sentido que algo no iba bien.

–Eh, chico... –dijo en voz baja, e intentó sonreír–. ¿Qué vas a hacer cuando haya un bebé en la casa?

–De eso no tendrás que preocuparte tú –espetó Abby–. Tómate el té, que se enfría.

Dejó su taza sobre la mesita y fue a sentarse en el sillón que hacía ángulo con el sofá.

–No hay mucho más que decir –continuó ella–. Yo ya he cumplido con mi deber. Ya sabes lo que pasa. Y cuando nazca el bebé, no te pondré pegas para que lo veas, si es eso lo que quieres.

–Un momento –había tomado un sorbo de té y volvió a dejar la taza–. No nos adelantemos. ¿Cuándo he dicho yo que tú y el bebé vayáis a vivir separados de mí?

Abby tiró del borde de aquella falda, absurdamente corta.

–Esa decisión no es tuya. Y espero que no pretendas decir lo que parece que dices.

–¿El qué?

–Que vivamos juntos.

–¿Por qué no?

–De eso nada, Morelli –negó también con la cabeza–. Tú aquí no decides nada. Hace un momento lo has dicho tú mismo: no eres de los que se comprometen. Y yo no tengo intención de someter a mi hijo...

–A nuestro hijo.

–...al capricho de las mujeres con las que te líes.

Luke se levantó de inmediato.

–¿Quién te da derecho para acusarme de tener líos?

Abby también se levantó, pero se alejó de él.

–¿Y quieres decirme qué era esto? –preguntó, abriendo los brazos–. No tenías intención de volver a verme. Tú mismo lo has dicho.

–Yo no he dicho eso –apretó tanto la mandíbula que le dolieron los dientes–. Y de todos modos, eso era... antes.

Abby se rio.

–Antes de que te echara el guante, ¿no? –se irguió–. Bueno, pues voy a decirte algo, Morelli...

–¡Deja de llamarme Morelli!

–No tengo la más mínima intención de atraparte. Ni de vivir contigo. Estamos en el siglo XXI, y las mujeres no necesitamos que un hombre nos mantenga. Ahora mismos tengo el café, y cuando tenga que dejarlo, me buscaré un trabajo. U otro café, quién sabe. En cualquier caso, eso no será asunto tuyo.

–No puedes evitar que lo sea.

–Yo creo que sí –se soltó la goma del pelo–. No hay ley que diga que tengo que hacer algo más de lo que ya he hecho. Ahora ya sabes que existe el bebé. Cuando haya nacido, tendrás la oportunidad de compartir la custodia, y eso es todo.

Luke frunció el ceño. Sabía que tenía razón, pero no por ello dejó de lamentar el ultimátum. Y a pesar de haber dicho lo que había dicho, la verdad es que quería volver a verla, demonios.

–Necesito pensar –dijo, consciente de que nunca la había visto más deseable que en aquel momento. Siempre había admirado sus piernas, y aquella falda las mostraba maravillosamente, lo mismo que el chaleco delineaba la forma de sus pechos y el valle que los unía. Imaginarlo le provocó una erección inmediata–. Abby...

–Creo que será mejor que te vayas –dijo ella, acercándose a la puerta–. Gracias por venir. Adiós.

Luke la siguió, pero cuando se hizo a un lado para que saliera, él estrelló el puño contra la pared y la acorraló hasta agotar el espacio entre ellos.

–Esto no ha terminado, Abby –le dijo al oído, y la oyó contener el aliento.

–Sí que ha terminado –contestó en voz baja–. Vete, Luke. Ojalá no tenga que volver a verte.

Capítulo 12

D URANTE las siguientes semanas, Luke se centró en el trabajo.

Nunca había pasado tanto tiempo en la oficina, y es que solo allí conseguía escapar al tormento de sus pensamientos.

Sabía que su vida no iba a volver a ser la misma. Eso era un hecho. Aunque, por otro lado, solo tenía su palabra de que estaba embarazada. Podía habérselo inventado para ver cómo reaccionaba. Pero en el fondo sabía que no. Por mucho que despreciara cómo había tratado a su marido, sentía que lo que le había dicho era verdad.

Entonces, ¿qué? ¿Harry Laurence no era un santo, y él había sacado una conclusión equivocada? Ella había intentado explicárselo, pero él no la había escuchado. Sin embargo, había mentido a su marido para reunirse con él, y nada podía alterar el hecho de que hubiera seguido casada con él unos cuantos años más después de aquello. Si Laurence era tan malo como ella decía, se habría divorciado de él.

A lo mejor simplemente había querido ser una mujer mimada. Conocía a unas cuantas de ese tipo.

Frunció el ceño mirando los planos que había estado estudiando, y se preguntó qué haría Harry Laurence en la actualidad. Le llegó la noticia de que había dejado la Bolsa poco después de su divorcio.

En aquel momento, había dado por sentado que quería comenzar de cero. Que quizás le había sido difícil enfrentarse a sus compañeros después de un fracaso así.

¿Qué habría aducido como causa de divorcio? Si es que había sido él quien lo había pedido. Y le parecía poco probable que Abby hubiera tomado la costumbre de tener aventuras fuera del matrimonio.

Era un problema que le ocupó el pensamiento durante unos cuantos días. Un problema innecesario, por otra parte. Como andar dándole vueltas a lo que iba a hacer Abby. Había dicho que no iba a abortar, pero... por irónico que pareciera, no quería que perdiera a su hijo.

¡Al suyo!

¡Al de los dos!

De todas las personas que había en su vida, fue Felix quien se dio cuenta de su preocupación. Los dos habían estado unidos desde el ejército, y a pesar de las diferentes circunstancias de sus vidas, Felix siempre se había sentido con derecho a decir lo que pensaba.

Pocos días después, volvían de una reunión en Oxford y comentó:

–¿Has pensado ya lo que vas a hacer con lo de las tiendas de Ashford-St-James? Había una petición circulando por ahí, ¿no? ¿Ha llegado a alguna parte, o mejor no pregunto?

Luke, que iba concentrado en su portátil, sentado en el asiento trasero del Bentley, levantó la cabeza.

–Según nuestros abogados, no tienen ninguna posibilidad de ganar. Pero estoy madurando la idea de lo que quiero construir allí.

–¿Ah, sí?

–Sí. Estoy hablando con los arquitectos y estamos considerando un cambio.

–¿Un cambio?

Felix parecía divertido y Luke lo miró a modo de advertencia.

–Un cambio, sí. Incorporar un pequeño centro comercial que se comunique con el supermercado. Las tiendas del centro comercial estarían en régimen de alquiler. A lo mejor algunos de los inquilinos de South Road estarían interesados.

–Quizás –Felix lo miró por el retrovisor–. A lo mejor la dueña de un café librería lo estaría. Estoy seguro de que sería un alivio para ella y para los demás.

–No te pases, que todavía no está hecho.

–Pero podría ser, ¿no? Me gusta... Abby. Es una chica guapa. Y agradable también.

–La belleza no lo es todo –replicó, y Felix asintió–. En cualquier caso, no lo hago solo por Abby Lacey.

–No, claro.

Dando vueltas aquella noche en la cama, algo últimamente muy corriente, Luke se vio obligado a admitir que lo hacía por Abby. A pesar de todo lo que había ocurrido, a pesar de que no quisiera saber nada más de él, no podía aceptarlo. No iba a aceptarlo.

Sentía algo por ella, seguramente desde siempre. Quizás hubiera actuado de forma egoísta en el pasado, y quizás también tuviese alguna justificación, como decía. Fuera como fuese, quería volver a verla. Quería estar con ella. La quería, y nunca había sentido lo mismo por otra mujer.

Incapaz de dormir ya, bajó a la cocina a hacerse un café. Y allí se encontró a Felix, tomándose un té y poniéndose al corriente de los periódicos del día.

La señora Webb también estaba, charlando sobre el último episodio de su telenovela favorita.

–¡Luke! –exclamó ella al verlo entrar, y Felix dejó a un lado el periódico–. Te has levantado muy temprano. No son ni las seis y media. ¿Ocurre algo?

–¿Qué iba a ocurrir, señora Webb? –se sirvió una taza de café–. No podía dormir. Eso es todo. Así que mejor empezar temprano.

–¿Empezar temprano?

Felix había repetido sus palabras.

–Sí. Quiero ir a Ashford, y seguro que hay mucho tráfico con el comienzo de las vacaciones así que, cuanto antes salga, mejor.

–Voy por el coche.

–No, no es necesario, Felix. Conduciré yo.

Abby había ido a ver al médico por primera vez aquella mañana. Había decidido cerrar el café, ya que Lori no podía atender la barra y la librería al mismo tiempo. Pero estaba planteándose abrir por la tarde, ya que se encontraba perfectamente bien, cuando vio el coche, aparcado en zona prohibida, frente al café.

No lo conocía, pero era un coche caro. Un Aston Martin, si no se equivocaba. El tipo de coche que Luke conducía años atrás, y el pulso se le aceleró.

¿Habría ido a llevarles la notificación del desahucio? De ser así, tendría menos de seis meses para buscar casa y trabajo, y no solo para ella. En menos de siete meses, iba a necesitar casa para su bebé también, y casi instintivamente se llevó la mano al vientre.

Iba hacia el coche cuando la puerta se abrió de golpe. Por supuesto era él, vestido con vaqueros, camisa negra y náuticos, guapo como el demonio.

Parecía aliviado de verla.

–¿Estás bien? –le preguntó, mirándola atentamente–. Al ver que el café estaba cerrado, he pensado que a lo mejor te habías puesto mala.

–¿Has probado a llamar por la puerta lateral? –preguntó, imaginándose el lío que debía haber causado Harley si había oído a alguien aporreando la puerta.

–He llamado, pero al oír ladrar a Harley, he imaginado que no estarías.

–Porque si estuviera, habría bajado corriendo a abrirte, ¿no?

–Eh... no, no –respondió a la defensiva–, pero no habría seguido ladrando si estuvieras.

Abby se volvió a mirar el coche.

–Te van a poner una multa.

–La pagaré. Felix se encarga de esas cosas.

Abby movió despacio la cabeza.

–¿A qué has venido? ¿A decirnos cuándo tenemos que irnos? Si es eso, aviso a los demás inquilinos...

–No he venido a eso. Quería verte.

–¿Por qué?

–¿Es que tengo que tener una razón? –suspiró–. Vamos dentro y hablamos.

Abby lo miró y se enfadó consigo misma por el modo en que se le encogía el estómago al verlo. A lo mejor pretendía hacerse con el bebé al nacer...

No, no podía ser tan cruel. Aunque el modo en que había contestado a lo del coche demostraba lo poco que significaba para él respetar las normas.

Pero tenía que saberlo, de un modo u otro, así que se encogió de hombros y echó a andar hacia el callejón lateral del café.

Metió la llave en la cerradura y abrió, pero aún no había cerrado la puerta cuando él la acorraló contra la pared y la besó en la boca con pasión. Abby se sintió incapaz de resistirse. El deseo la hizo estremecerse, y sintió la inconfundible presión de su erección.

–Estaba muy preocupado por ti –murmuró, tomando su cara entre las manos–. ¿Dónde demonios has estado?

Abby estaba sin aliento.

–¿Por qué te preocupa?

–Porque sí, ¿vale? –volvió a besarla–. Llevo casi una hora esperando. Incluso he tenido que tranquilizar a algunos de tus clientes, que venían a desayunar.

Bajó las manos hasta sus caderas y la levantó hasta que su sexo encajó perfectamente en el hueco entre sus piernas.

—Te deseo, Abby. No sé cómo he podido estar lejos de ti.

—Porque yo te lo pedí.

Abby se escabulló entre su cuerpo y la pared y cerró la puerta.

—He ido al médico. ¿Por qué no me llamaste antes de salir de Londres? Podría haberte dicho que no vinieras.

Y comenzó a subir la escalera interior. Harley había empezado a ladrar y no quería atraer más la atención, teniendo el coche de Luke aparcado enfrente.

Buena excusa...

En realidad es que se sentía demasiado vulnerable en aquel momento. Fuera por las hormonas o simplemente por saber que quería a aquel hombre, a pesar de sus defectos, la cuestión era que no confiaba en sí misma, en que algo que pudiera hacer o decir lo lamentara después.

Es decir, que tenía que mantenerlo a distancia fuera como fuese.

Capítulo 13

LUKE logró sobreponerse a la exuberante bienvenida que le dispensó el perro y miró a Abby. Llevaba una camisa suelta y vaqueros cortos que dejaban al descubierto sus magníficas piernas. Estaba increíble.

Dios, qué ganas de volver a tocarla.

–¿Has ido al médico? ¿Por qué? ¿Te pasa algo?

–Estoy embarazada, por si no te acuerdas.

–Ya lo sé. Como si se me fuera a olvidar algo así. Pero ¿estás bien?

–Sí, estoy bien –había interpuesto entre ellos la barra del desayuno y acariciaba a Harley–. ¿Quieres tomar algo?

–No tengo sed. ¿Qué te ha dicho el médico exactamente?

–Pues no recuerdo lo que me ha dicho exactamente –respondió–. Que estoy de más de ocho semanas, tengo bien la tensión y me han desaparecido casi por completo las náuseas.

–No sabía que tenías náuseas.

–¿Te sorprende?

Reconoció el dardo y levantó los brazos para

pasarse las manos por el pelo. Uno de los botones de la camisa se abrió y vio con satisfacción cómo miraba ella el vello oscuro que se asomaba.

Pero tenía que ser práctico.

—¿Podemos sentarnos? Quiero hablar contigo.

—Siéntate tú. Yo estoy bien aquí.

—¿No sería mejor que te sentaras? Seguro que has ido andando al médico y debes llevar de pie un buen rato.

—Estar embarazada no te vuelve inválida, Luke.

—Lo sé, pero anda, dame ese gusto. Lo hago solo por ti.

—Bueno, no está mal para empezar —replicó con aspereza—. ¿Qué quieres, Luke?

—¡Siéntate por favor!

—Está bien.

De mala gana salió de detrás de la barra. Mientras él se había quedado de pie delante del sillón en el que ella se había sentado la última vez, así que no le quedó más remedio que usar el sofá. De inmediato, él se sentó a su lado.

Hiciera lo que hiciera, Luke sabía que no le era indiferente. Se lo había demostrado abajo. Solo tenía que convencerla de que no era un bastardo insensible.

—A ver, dime: ¿por qué has venido? —preguntó sin rodeos—. No voy a volver a acostarme contigo.

—Bueno, puede que ahora no —comentó él, y ella se sonrojó.

—Ni ahora, ni nunca —replicó, y añadió—. Voluntariamente, no.

Luke la miró muy quieto.

–Espero que no estés insinuando que te he forzado alguna vez.

–No –admitió con un suspiro–. Yo he sido tan culpable como tú.

–¿Culpable? No hay culpables en esto, Abby. Yo te deseaba. Y sigo deseándote. Pero imagino que eso ya lo sabes.

Abby lo miró brevemente.

–Entonces, deseas algo que no puedes tener. Sé lo que piensas de mí, Luke. Me lo has dejado muy claro.

Él respiró hondo y fue a poner la mano sobre su rodilla, pero ella se lo impidió.

–Abby, sé que he cometido errores en el pasado. Muchos. Pero quiero que me des la oportunidad de enmendarlos.

–¿Cómo? Aún sigues pensando que traicioné a Harry viéndome contigo.

–De eso hace casi seis años –protestó–. A lo mejor me dejé llevar por la conclusión más obvia. A ver, yo no conocía a Laurence...

–Desde luego que no.

–... y podría ser el cerdo más grande de la historia. A lo mejor tenías alguna justificación para hacer lo que hiciste.

–¿Alguna justificación? –se rio–. No tienes ni idea, Luke.

–Pues cuéntamelo.

–¿Por qué?

–Porque quiero conocerte. Quiero saberlo todo de ti.

–¿Por qué? –preguntó de nuevo, y se levantó del sofá–. No, no te molestes en contestarme. Ya sé por qué. Por el bebé, ¿no? Tienes miedo de que, si no nos hablamos, cuando nazca el bebé me vengaré de ti igual que tú te has vengado de mí.

Luke se levantó de repente, sobresaltando a Harley, que estaba tumbado en la alfombra a sus pies.

–¡Y unas narices! –explotó–. Quiero que sepas lo que siento por ti, eso es todo. He sido un idiota, y ahora me he dado cuenta. ¿No ves que he aprendido la lección?

Abby negó con la cabeza.

–Es demasiado tarde, Luke. No te creo, igual que tú no me creíste a mí. Creo que deberías irte. Ya has hecho lo que debías asegurándote de que no haya complicaciones por ahora, pero a partir de este momento, te sugiero que envíes a Felix a interesarse por mi estado de salud.

Luke se pasó una mano por la nuca.

–No he venido por eso –replicó con aspereza–. Por supuesto que me he preguntado cómo estarías, pero no tienes ni idea de cuántas veces he descolgado el teléfono y lo he vuelto a colgar.

–Para llamar a tu agente de Bolsa, ¿no? –espetó ella, y aquella vez logró su objetivo: estaba furioso.

–No. ¡Por amor de Dios, Abby! ¿Qué quieres que haga? ¿Qué me ponga de rodillas y te ruegue que me creas? Te advierto que, si creyera que iba a servir para algo, lo haría. ¡Te quiero, maldita sea! Y es la primera vez que se lo digo a una mujer.

Abby lo miró boquiabierta y dio un paso atrás.

–Dios mío... estás dispuesto a hacer cualquier cosa por el bebé, ¿no?

–¿Es eso lo que crees? –la voz se le rompió–. Pues si es eso, tienes razón: estoy perdiendo el tiempo.

–Te lo dije –insistió, pero parecía menos convencida.

¿O sería cosa suya? Desde luego, al acercarse a ella, Abby se encogió casi como si fuera a atacarla.

Eso le hizo pensar. ¿Será posible que Laurence la hubiera maltratado? Recordando el moretón que llevaba aquella noche fatal, quizás pudiera ser.

El estómago le dio un vuelco.

–Abby... –comenzó con suavidad, pero ella se alejó.

–Vete –dijo con la voz cargada de emoción, pero él no podía hacerlo.

Tiró suavemente de su brazo y al volverla vio que tenía los ojos llenos de lágrimas.

–Abby –dijo de nuevo, y la besó suavemente en la mejilla–. Te quiero –añadió.

Y sin esperar a nada más, cruzó la habitación y bajó rápidamente las escaleras.

Pero volvería. De eso podía estar segura.

Era ya de noche cuando alguien llamó a la puerta. Harley comenzó a ladrar y ella suspiró. Solo podía ser Luke. Eran más de las once, y solo él se presentaría a esas horas. Y sabía exactamente lo que quería.

Se había pasado el día intentando quitarse de la

cabeza lo que le había pedido. Ni siquiera había tenido trabajo en el café para distraerse.

Seguro que se había imaginado que, a aquellas horas de la noche, sería más receptiva, más propensa a creerse su declaración de amor.

¿Amor? ¡Ja!

Pero Harley comenzó a gruñir yendo de un lado para otro ante la puerta, y de pronto sintió miedo.

¿Y si no era Luke? El perro nunca le gruñía a él.

¿Quién podía ser si no?

Abrió la puerta, encendió la luz y dejó que el perro bajase delante. Seguía gruñendo cuando llegó abajo.

—No voy a dejarte entrar, Luke —dijo en voz alta. Siento que hayas hecho el viaje para nada, pero...

—No soy Luke, señorita Lacey —interrumpió una voz de hombre que le resultaba familiar—. Soy Felix. Felix Laidlaw. Trabajo para Luke —hizo una pausa—. Ha tenido un accidente. Está herido y pregunta por usted —otra pausa—. ¿Me abre?

Automáticamente fue a descorrer el cerrojo, pero se detuvo. ¿Cómo saber que decía la verdad? La puerta era antigua y no tenía mirilla.

—Señorita Lacey... ¿Abby? —era Felix, sí—. Sé que no termina de creérselo, pero no la miento. Luke está en el hospital. En Bath.

—¿En Bath? No entiendo. ¿Qué hacía en Bath? Me dijo que se volvía a Londres.

—Y así era, pero quiso pasar antes a ver a su padre. Si le parece, se lo cuento todo de camino. Tengo que volver.

—Es que... no estoy vestida.

–La espero.

Abby dudó.

–¿Cómo sé que me estás diciendo la verdad?

–No puede saberlo –respondió con frialdad–. Pero ¿está dispuesta a dejar morir a un hombre sin intentar siquiera salvarlo?

Abrió la puerta en menos de dos segundos.

–¿Luke se muere? –preguntó con voz ahogada, sujetando a Harley.

–Aún no. Pero está muy grave.

–¿Grave?

–Su coche colisionó con una cosechadora –explicó, angustiado–. El imbécil del conductor salió a la carretera de improviso. No sé cómo no se mató en el acto. ¿Puede vestirse y acompañarme?

–Dios mío...

No dijo más. Salió corriendo escaleras arriba y entró al baño. Sentía náuseas, pero daba igual. De un tirón se deshizo del kimono que llevaba y se metió los vaqueros y la camisa sin preocuparse de la ropa interior.

Cuando salió del baño, Harley y Felix esperaban en el salón.

–Espero que no le importe, pero es que el perro estaba a punto de escaparse y le he traído aquí.

–No pasa nada. Gracias. Ya estoy.

–Necesitará un jersey. Hace frío fuera.

–Estoy bien, de verdad.

Abby pensó que nunca más volvería a sentir frío y Felix, con un gesto de resignación, la precedió hacia la puerta.

Capítulo 14

LUKE abrió los ojos y sintió de golpe una luz cegadora. Rápidamente volvió a cerrarlos. La cabeza le palpitaba y se oía el zumbido de aparatos eléctricos. El rítmico caer de una gota de líquido le era casi ensordecedor.

Volvió a abrirlos y vio los tubos fluorescentes del techo. ¿Por qué no apagaban aquellos cacharros? ¿Estaría en el hospital? El dolor que experimentó en la cabeza estuvo a punto de hacerle perder de nuevo el conocimiento. ¿Cómo habría llegado hasta allí? No recordaba absolutamente nada de lo ocurrido después de haberse subido al coche.

El olor a desinfectante era tan intenso que sintió náuseas, y tenía la boca tan seca como si las glándulas salivares se hubieran declarado en huelga. Había un hombre al lado de la cama. No parecía un médico. Los médicos llevaban batas blancas, ¿no? Y aquel llevaba unos viejos pantalones de loneta y un jersey, pero todo era posible en aquel mundo surrealista en el que estaba. Miró al hombre a la cara y suspiró aliviado. Lo reconocía. Era su padre.

¿Y qué estaba haciendo allí? Parecía cansado y ansioso, pero tan familiar que quiso tocarlo.

Pero no pudo moverse.

Un dolor lacerante en el costado le provocó un gemido de angustia.

Oliver Morelli vio a su hijo abrir los ojos y exclamó:

–¡Luke! Dios mío, hijo. ¡Estaba tan preocupado por ti!

Luke lo miró. Intentó decir su nombre, pero no le salió ningún sonido. Tenía la boca y los labios demasiado secos, pero su padre no pareció darse cuenta.

–¿Recuerdas algo de las últimas veinticuatro horas? Estabas consciente cuando llegaste al hospital, pero luego... ¿Cómo te encuentras? ¿Tienes dolor? ¿Quieres que te traiga algo?

¿Una bebida? Luke intentó hablar, pero lo único que salió fue un sonido gutural.

Oliver pareció asustarse y se levantó de golpe.

–Voy a avisar a la enfermera.

–Ab... Abby –consiguió decir, y su padre, que prácticamente había echado a correr, se volvió desde la puerta.

–¿Abby? ¿La joven que estaba aquí cuando yo llegué?

Luke absorbió la información con cierta dificultad. ¿Abby había estado allí? ¿Cómo? ¿Y dónde estaba ahora?

Frustrado con su propia incapacidad, sintió que le invadía un sentimiento de derrota. La cabeza le daba latigazos por el esfuerzo de pensar. Volvió a intentar hablar, pero una enfermera entró en la habitación.

–¿Cuánto tiempo hace que está despierto? –preguntó a su padre en tono inquisitivo–. Debería haberme avisado.

–Hace un par de minutos. Iba a buscarla, pero...

–No importa.

Se acercó y le dedicó una mirada crítica. Luego revisó un monitor que había por encima de la cama y otro colocado al lado, y tomó notas.

A medida que su cerebro empezaba a funcionar, se dio cuenta de que había tubos y cables conectados a varias partes de su cuerpo. Tenía uno en la nariz y otro en la boca. ¿Qué le había pasado?

–¿Cómo se encuentra, señor Morelli? –preguntó la enfermera tras revisar el suero–. ¿Recuerda cómo llegó aquí?

Luke intentó humedecerse los labios y la mujer asintió.

–¿Quiere un poco de agua?

Había una jarra en la mesilla, sirvió un poco en un vaso y puso una pajita.

–Solo un poco.

El agua estaba fresca y deliciosa, y sintió que se podría beber la jarra entera.

–Por ahora solo un par de sorbos, señor Morelli. Voy a avisar al doctor Marsden.

–No... –logró decir.

Pero la enfermera negó con la cabeza.

–El doctor Marsden pidió que le informáramos en cuanto recuperase la consciencia.

Luke no dijo nada más. Estaba claro que, por ahora, su opinión no contaba.

–No se preocupe, señor Morelli –continuó la enfermera–. El doctor Marsden es el cirujano que se ocupó de sus heridas cuando llegó usted aquí. Se ha tomado un interés personal en su caso, y sé que querrá valorar su estado personalmente.

Había salido de la habitación antes de que Luke pudiera decir nada. Su padre volvió de inmediato junto a la cama.

–¿Te acuerdas del accidente?

Luke se vio lanzado de pronto al momento en que se dio cuenta de que la pesada cosechadora, que salía de un campo, no iba a detenerse.

El recuerdo de lo ocurrido le golpeó con la fuerza de un tren de mercancías, y tuvo la sensación de que la cabeza la iba a explotar, y el dolor se le extendió hasta el último rincón del cráneo. La sangre le golpeaba en las sienes y el pulso se le aceleró al sentir de nuevo el horror de lo que había vivido.

Cerró los ojos, y aquella vez no tuvo que volver a abrirlos. Creyó oír un gemido de su padre, pero lo único que pudo hacer fue rendirse al dolor y rezar porque llegase pronto el alivio.

Abby permanecía sentada en la sala de espera de la UCI del hospital. Le gustaría saber si Luke había recuperado la consciencia ya. Eso esperaba. ¡Dios, que así fuera!

Se había quedado horrorizada al verlo aún cubierto de sangre, y lo único que se le ocurrió fue rezar para que los servicios de emergencia, que lo habían trasladado en helicóptero al hospital, hubieran llegado a tiempo.

–Te quiero –le oyó musitar, y tomó su mano sin importarle mancharse de su sangre.

–Luke... –susurró, rota de dolor–. Yo también te quiero.

Pero él no respondió, y las enfermeras la echaron. Había perdido la consciencia nada más decir aquellas dos palabras.

A la mañana siguiente, se presentó un doctor en la sala de espera para decirles a Felix y a ella que Luke estaba en coma, pero que no debían preocuparse por ello, que los médicos estaban haciendo cuanto podían por aliviarle el dolor. Que en cuanto recuperase la consciencia, se lo harían saber, y que mientras, se fueran a casa a descansar.

Pero de eso habían pasado ya tres días. Y aunque se había ocupado de Harley, cerrado el café y asegurado a los vecinos que no le pasaba nada, lo había hecho todo como un autómata.

Llamaba constantemente al hospital, pero dado que no era un familiar, apenas le daban información. Menos mal que Felix le había dado su número y podía preguntarle a él. Había resultado ser un auténtico bastión de fortaleza. Había sido él quien le había dicho que Luke seguía estable, y que progresaba con la rapidez que se podía esperar. Que el coma le daba a su cuerpo la posibilidad de recuperarse, y que se estaba haciendo por él cuanto era posible.

Pero todo ello no había logrado quitarle el insomnio.

Cuando conseguía cerrar los ojos, tenía unas pesadillas terribles en las que veía a Luke estrellándose contra la enorme cosechadora.

De modo que había vuelto al hospital con la esperanza de que le permitieran ver al paciente, pero por el momento no había tenido éxito. Las enfermeras eran educadas pero firmes, y no tenía a Felix para que intercediese por ella.

Un hombre apareció en la puerta de la sala de espera y se dio cuenta de que era el padre de Luke. No había vuelto a verlo desde aquella primera noche en el hospital.

El hombre la miró un instante y dijo:

—Eres Abby, ¿verdad? Felix no nos presentó, pero me ha dicho que Luke ha preguntado por ti. Soy Oliver Morelli, el padre de Luke.

Abby se levantó, recordando sus palabras con el corazón encogido.

—Sí —contestó, ofreciéndole la mano—. Esto ha debido ser horrible para usted. Para todos.

—Sí —respondió. A juzgar por las líneas marcadas de alrededor de los ojos, el pobre tampoco dormía bien—. ¿Has visto hoy a Luke?

—No lo he vuelto a ver desde que lo trajeron —admitió—. Es que no soy familiar, ¿sabe? Solo... solo una amiga preocupada por él.

—¿De verdad? —frunció el ceño—. ¿No eres la dueña de uno de los negocios de South Road?

—Bueno, sí...

–Dios mío... recuerdo que Luke me dijo que los inquilinos habían presentado una petición para que se parara el derribo. Yo creo que ese tipo de estrés no le favorece nada ahora.

–Yo no tengo nada que ver con esa petición. Y que esté aquí no tiene nada que ver con los planes de Luke ni con mi café.

–Ah, bueno. De todos modos, dudo que Luke se acuerde de nada de todo eso ahora mismo. Tengo que ir a ver a su médico. El doctor Marsden me ha dicho que tendría noticias para mí hoy.

–¿Puedo acompañarle?

Oliver parecía no saber qué hacer.

–Bueno... es cierto que preguntó por ti también la otra vez que recuperó el sentido –admitió.

Ella se quedó muy sorprendida.

–¿No lo sabías? –Abby se tambaleó un poco y él la sujetó–. Pues sí. Fue tu nombre el primero que pronunció al abrir los ojos.

Capítulo 15

LAS habitaciones que ocupaba Luke estaban amuebladas con tanto gusto como el resto de la casa.

El salón era grande, con muchas flores decorando todas las superficies, y Abby deseó haber llevado también ella un ramo.

Se había detenido a admirarlas cuando la señora Webb le indicó que pasara a la siguiente estancia.

–Dentro de un poco les llevo el té. Pase, que Luke la está esperando.

La habitación que partía de la zona de estar era el dormitorio de Luke. Estaba amueblado con mucha más austeridad. Era espacioso, y el edredón y las cortinas eran de un suave tono bronce, y había pocos cuadros colgados de las paredes enteladas en una seda verde pálido.

Allí no había flores. Solo una magnífica alfombra turca que cubría la mayor parte del suelo, prestando sus colores intensos a aquella habitación tan espartana.

La cama estaba deshecha, pero Luke no parecía estar en la habitación.

Entonces lo vio, sentado en el banco que ocupaba el alféizar de la ventana. Iba descalzo, con un
pantalón suelto de estar en casa a rayas y una camiseta negra y ajustada.

Estaba pálido, y mucho más delgado que antes
del accidente, pero aún tenía ese aura de increíble
magnetismo que ni siquiera la cicatriz que le cru-
zaba la mejilla desde el ojo podía disfrazar.

Sabía que había tenido lesiones internas. Según le
había dicho su padre, habían tenido que extirparle el
bazo, se había roto dos costillas, una de las cuales se
le había clavado en el pulmón, pero según los médicos, iba camino de recuperarse.

Su padre no estaba allí, pero Felix, que debía haber estado haciéndole compañía, le sonrió al verla
llegar.

–¡Eh, Abby! –la saludó de buen humor, y Luke
le dirigió una mirada de advertencia.

–Puedes irte –cortó Luke–. Te llamaré si te necesito.

–Sí, señor. Hasta luego, Abby.

Y fingiendo una reverencia, salió.

La puerta se cerró a su espalda, y aquella repen-
tina intimidad hizo que a ella se le encogiera el estómago. Pero como Luke no parecía dispuesto a decir
nada, se sintió obligada a hablar.

–Hola –murmuró, poniéndose las manos en la
pequeña protuberancia de su vientre. Llevaba una
túnica plisada y unas mallas, pero aun así no se podía ocultar el abultamiento de su vientre–. Me alegro
de volver a verte.

–Sí –respondió, aunque no parecía creerla–. Me perdonarás si no me levanto.

–Claro. Debe ser un alivio estar ya en casa. ¿Qué tal te encuentras?

–¿Qué crees tú?

–Mm... tienes buen aspecto. Mejor que la última vez que te vi.

–Lo cual no es difícil. ¿Qué aspecto tenía estando en coma? Viéndome ahora, no me sorprendería que te volvieran las náuseas.

Así que se acordaba del embarazo.

–No tiene gracia, Luke.

–¿He dicho yo que la tuviera? Sé muy bien que no tiene nada de gracia, Abby –hizo una pausa–. Pero no has contestado a mi pregunta. ¿O eres demasiado educada para contestar?

–No pude verte mucho en el hospital, pero estabas cubierto de vendas. De todos modos, qué aspecto tuvieras era lo que menos me importaba.

Luke hizo una mueca.

–¿Por qué será que me cuesta trabajo creerte?

–Pues no lo sé –se irguió–. Pero es la verdad.

El padre de Luke la había prevenido: desde que había vuelto a casa del hospital, estaba permanentemente de mal humor.

Aunque le habían recomendado reposo, se pasaba las mañanas en el ordenador o gritando a sus empleados de Jacob's Tower. No quería visitas. Lo único que parecía interesarle era su trabajo.

Resultaba obvio que despreciaba su debilidad, y

parecía no creer que las cicatrices de la cara fueran a desaparecer. Le había dicho a su padre que parecía una gárgola, algo bien lejos de la realidad.

Suspiró consciente de que la observaba, estudiando su reacción. Pues sí: iba a tener una buena cicatriz en la mejilla, pero a ella le importaba un comino.

En opinión de su padre, el daño que había sufrido en el muslo era mucho más importante. Cabía la posibilidad de que no recuperase la fuerza de las piernas.

Pero para ella, tenía exactamente el mismo aspecto que el hombre del que, absurdamente quizás, se había enamorado. ¿Cómo convencerle de ello? ¿Acaso no sabía que se había pasado todo su tiempo libre con él en la UCI, hablándole durante días mientras estaba en coma hasta que, milagrosamente casi, abrió los ojos? ¿Es que no se daba cuenta de lo preocupada que había estado por él desde entonces? Había tenido que resignarse a que no quisiera verla, a compartir la esperanza con Felix, que decía que todo cambiaría cuando estuviera en casa.

Por graves que fueran sus heridas, lo que sentía por él no cambiaría nunca. ¿Cómo lograr que la creyera?

Fue su padre quien se puso en contacto con ella para hablarle del estado mental de su hijo. Oliver Morelli y ella habían acabado haciéndose amigos, e incluso había estado un par de veces en el café.

Había sido él quien le había dicho que su hijo no quería ver a nadie que le recordarse al accidente.

Que la medicación que le habían estado dando desde que llegó al hospital lo tenía deprimido y confuso. Trabajaba porque era lo que estaba acostumbrado a hacer, pero su vida personal tendría que esperar.

Ella estaba convencida de que había mucho más detrás de todo ello, pero no le quedaba más remedio que creerle. Hasta que pudiera hablar en persona con Luke, no podía hacer nada más.

Seis semanas habían pasado ya, y tres desde que le habían dado el alta del hospital. Solo entonces había accedido a concederle una entrevista. Esa era la palabra que definía aquel encuentro.

La casa a la que había tenido que acudir la había dejado impresionada. Era una casa estilo georgiano de cuatro plantas, a la que se accedía por una puerta pintada de negro brillante. Había contraventanas y claraboyas. En resumen, la casa que un millonario, o quizás multimillonario, debía ocupar. Es decir, que había bastado la casa para dejarle bien claro la distancia que separaba sus mundos. El hombre que había conocido en la vinatería poco tenía que ver con el que la esperaba. Varias veces se había preguntado por qué había insistido en que reanudaran su relación, ya que no la había perdonado. Seguía convencido de que Harry era la parte inocente.

Una vez dentro, la casa era igualmente impresionante. Un largo recibidor daba acceso a la parte trasera de la casa, donde había un magnífico invernadero en el que se disfrutaba de los rayos del sol. Una mesa semicircular colocada contra la pared lucía un magnífico ramo de flores de otoño, junto al que había varias tarjetas en una bandeja de plata, sin duda de personas que le deseaban una pronta recuperación.

Abby apenas había tenido ocasión de ver las habitaciones de la planta baja porque el ama de llaves la había conducido por la escalera circular enseguida, pero su impresión había sido de sencilla elegancia, algo muy distinto al apartamento de acero y cromo que ella había compartido con Harry Laurence.

Ella tampoco era la esbelta joven que él se había encontrado aquella mañana al entrar en el café. Y de los dos, ella era la que más había cambiado. La ropa le apretaba ya y los pechos se le salían del sujetador.

Casi deseó no haber ido.

Luke señaló un sillón que formaba ángulo recto con la ventana.

–Siéntate –le dijo, al tiempo que bajaba el pie de la ventana.

Se movía con mucho cuidado, y aun así no pudo ocultar un gesto de dolor. Rápidamente echó mano de una muleta y se levantó.

–¿Qué pasa?

–¿Pasar? ¿Qué podría pasar? –replicó, irónico–. Solo quiero darte algo.

–¿Darme algo?

–Tranquilízate –aconsejó, dirigiéndose a un buró que había al fondo–. Es posible que esta sea la última vez que nos veamos en un tiempo, y quiero asegurarme de que tienes todo lo que puedas necesitar.

—¿Perdón?

—Que es posible que esta sea la última...

—Sé lo que has dicho —le cortó—. Lo que pasa es que no entiendo... —respiró hondo para no perder la calma—. ¿De qué estás hablando?

—Yo creo que es fácil de entender: pienso que no deberíamos volver a vernos.

—¿Por qué? Eso no es lo que me dijiste la última vez que estuviste en el café.

Él respiró hondo y siguió caminando hacia el mueble.

—Espera un momento, que enseguida lo vas a entender.

—Lo dudo —replicó ella, levantándose—. ¿Es bueno que andes moviéndote así? Aún estás...

—Débil, ¿no? Ya me he dado cuenta lo mucho que te sorprendía mi aspecto. Ya no soy tan atractivo como antes.

—¡No digas tonterías! —respondió, mirándolo con incredulidad—. Lo que iba a decir es que estás muy pálido —hizo una pausa—. No creía que fueras tan presumido —añadió.

—No soy presumido. Solo realista.

—¿Eso crees? —Abby se enfadaba por momentos—. ¿Quieres decir que la razón por la que te has negado a verme estas semanas es porque tenías miedo de que no fuera a gustarme tu aspecto?

—Eh... no —contestó con sinceridad, sin mirarla aún.

–No creo que seas tan superficial.

–Vaya... gracias. O eso creo.

–Pero no es justo esperar que quieras atarte a un tullido, físico y mental. Ya has tenido una mala experiencia, y dudo que quieras pasar por otra.

Capítulo 16

LUKE supo que Abby se había levantado. La oyó respirar hondo y supuso que se estaría preguntando qué había querido decir. Pero Felix, que había estado investigando a Harry Laurence, había descubierto que era el bastardo que él se había imaginado que era, y no podía cargarla ahora con sus problemas. Era demasiado leal, y tenía demasiada integridad, a juzgar por cómo se había mantenido al lado de su marido después de saber la clase de hombre que era.

–No entiendo –dijo ella–. ¿Estás hablando de Harry?

–¿De quién si no?

–Tú no sabes nada de Harry. Y te puedo decir que sé que tú no eres como él.

–¿Tú crees?

Luke había llegado al buró e intentó abrir el cajón de abajo, pero le costaba trabajo doblarse y abrir con una sola mano un cajón grande como aquel. Maldijo y la frustración hizo que se le resbalara la muleta.

Se habría caído al suelo si Abby no hubiera corrido a ayudarlo. Lo abrazó por la cintura y sintió la curva de su vientre en la espalda.

Era el bebé, pensó, apretando los dientes al imaginar de nuevo lo que iba a negarse a sí mismo. La necesidad de darse la vuelta y abrazarla contra su cuerpo era casi irresistible, pero ya no tenía derecho a hacerlo.

–Podrías haberme pedido que te buscara yo lo que quieras sacar de ahí. No puede ser tan importante como para que te arriesgues así.

–No me he arriesgado a nada –respondió, incapaz de ocultar su amargura–. He creído que podía. Un error de juicio. No te creas que es el primero.

–Si lo que quieres decir es que lo del accidente fue un error por tu parte, te equivocas por completo. Anda, siéntate y dime a mí lo que quieres que te busque.

Luke se permitió descansar apoyado en ella un instante más, dejándose embriagar por el calor de su cuerpo y el perfume de su piel.

Pero su respuesta se tornó sexual en un abrir y cerrar de ojos, y no podía permitirse esa clase de locura. No si quería darle la oportunidad de que empezase una nueva vida sin restricciones de ninguna clase.

Pero Abby no parecía tener prisa por soltarle, y en cualquier instante iba a darse cuenta de que no estaba tan tranquilo como pretendía parecer.

–¿No podemos hablar de ello? –le preguntó ella, apoyando la frente en su espalda–. No puedes hablar en serio si me dices que yo quiero acabar así nuestra relación, solo porque ahora no eres el hombre impresionante que eras antes.

–Yo nunca he sido «impresionante», pero tampoco quiero ser una carga para ti, Abby. Ahora sé lo que debiste sufrir con Laurence, y te mereces una vida mejor.

Abby se quedó inmóvil, y tras asegurarse de que no se caería, fue a ponerse delante de él.

–¿Ahora lo sabes? ¿Cómo te has enterado? De lo de Harry, quiero decir.

Luke se apoyó pesadamente en la muleta. Ahora llegaba la parte difícil.

–Harry está en la cárcel.

–¿En la cárcel? –repitió con incredulidad–. No lo sabía. Pero... –hizo una pausa para digerir lo que acababa de decirle–. ¿Y tú cómo lo sabes? –preguntó, pero la respuesta se hizo evidente un instante después–. Lo has investigado, ¿verdad? No te creíste mi palabra y decidiste contrastar la información.

Luke respiró hondo.

–Eso no es cierto del todo.

Sabía que aquello iba a ocurrir. Por eso lo estaba posponiendo.

–Antes del accidente. Antes de que me diera cuenta de que... –había estado a punto de decir «de que me diera cuenta de que te quería», pero no lo había hecho–. En fin, que fue antes del accidente. Le pedí a Felix que se enterara de a qué se dedicaba Harry. No tenía ni idea de que el accidente me fuera a impedir contártelo.

Abby retrocedió un paso.

–¿Se lo pediste a Felix? No. Me lo habría dicho.

–Felix no te diría nada sin mi permiso. Ya había llegado a la conclusión de que tenía que haber algo más en tu relación con Laurence. Cuando me enteré, de buena gana le habría pegado un tiro, lo cual me habría proporcionado un enorme placer, pero no tuve la oportunidad.

–Y descubriste por accidente que Harry estaba en la cárcel. Qué conveniente.

–De conveniente, nada –suspiró–. Felix vino a verme al hospital. Llevaba días bastante deprimido, y el pobre pensó que si me daba la noticia de que tu ex estaba en la cárcel, me animaría.

Abby frunció el ceño.

–¿Y por qué pensó tal cosa?

–¡No seas inocente! –protestó–. Felix no es tonto, y sabía... sabe lo que siento por ti.

Abby dudó.

–Pues sigo sin entenderlo. ¿Cómo ha logrado enterarse de lo de Harry?

–Felix conoce a alguien que trabaja en la Bolsa, y cuando mencionó el nombre de Laurence, le dijo que había sido condenado por maltratar a su mujer.

–¿Maltratar a su mujer? Pero si yo nunca...

–Lo sé. Y no entiendo por qué –no quería entrar en eso en aquel momento–. Pero al parecer hace un par de años volvió a casarse.

–¿Y cuándo ibas a contármelo?

–Es que no te lo iba a contar. Sabía lo que ibas a pensar. Pero las circunstancias mandan.

Luke respiró hondo y abandonó la idea de abrir el cajón. Fue hasta la cama y se sentó.

–Lo siento –dijo–. Tienes que darme un minuto. Mis piernas ya no son lo que eran.

La expresión de Abby cambió de inmediato, pasando de la indignación a la ansiedad, y se sentó a su lado.

–Yo soy la que lo siente –murmuró, y le puso una mano en la espalda–. Debería haberme dado cuenta de que aún te estás recuperando de la operación. Podemos seguir esta conversación cuando te encuentres mejor.

–¡No!

Tenía que acabar con aquello ya, antes de que acabara rindiéndose al deseo de estar con ella. No podía olvidar la razón por la que la había llamado.

Pero el calor de su mano a través de la camiseta, el calor de su cadera al lado de la suya... Quizás fuera la última vez que estuvieran juntos. Pero pasara lo que pasase, tenía que seguir adelante.

–Abby... –dijo, desesperado.

Pero ella movió la mano hasta su hombro y de allí, a su cuello.

Su mano fresca era un tormento. Sentía el pulso en las sienes, la sangre hirviendo, una tensión en el pecho que se expandía al mirarla, al contemplar la curva delicada de sus pómulos, la suave vulnerabilidad de su boca.

–Yo nunca te haría daño –murmuró, aunque no era eso lo que quería decir–. Tienes que creerme.

–Y te creo. Pero no confías en mí. Nunca has confiado.

–Te habría contado lo de Harry –dijo–, pero supongo que me indignaba pensar que habías estado con un hombre como él, tratándote como te trataba. ¿Por qué no lo dejaste? ¿Por qué?

Abby suspiró.

–Tenía mis razones.

–¿Le querías?

–Creo que nunca le quise –admitió–. Pero a mi madre le gustaba y supongo que confié en ella.

–¿Y luego?

Abby hundió el mano en su pelo y notó el punto en el que se lo habían afeitado para operarle para detenerle el derrame cerebral. La respiración se le aceleró al darse cuenta de que podía haberle perdido.

–Supongo que mi madre pensó que cuidaría de mí. Tenía un buen trabajo y una casa bonita. Ella nunca supo nada de cómo me trataba. Ya tuvo él mucho cuidado de no hacer nada que pudiera despertar sus sospechas.

Luke tomó su mano en la suya.

–¿Cuándo empezó a maltratarte?

–Entonces, ¿me crees? –le preguntó con un hilo de voz.

–Llevaba un tiempo sospechándolo. Incluso aquella noche vi que tenías magulladuras en el cuello. Lo que sigo sin comprender es por qué no le dejaste.

–Pero nunca llegaste a preguntármelo.

–A lo mejor no quería saber la respuesta –se sinceró–. Cada vez que os imaginaba juntos...

–Mi madre enfermó gravemente un par de años después de que nos casáramos –dijo tras un momento de pausa–. Yo ya me había dado cuenta de que lo nuestro no iba a funcionar, pero... pero mi madre necesitaba cuidados constantes, y con mi salario no podía pagar una enfermera en casa, o una residencia cuando la necesitara. Harry le dijo a mi madre que no se preocupara, que él se ocuparía de todo.

–¿Y lo pagó?

Abby asintió.

–¿Por qué no me lo habías contado?

–¿Cuándo? –preguntó, soltándose de él–. ¿El primer día que apareciste en el café, acusándome de engañar a mi marido? ¿O luego, cuando a pesar de estar haciéndome el amor, me decías que nunca confiarías en una mujer como yo?

Luke frunció el ceño.

–¿Y la noche en que nos vimos en el bar? ¿No pudiste decírmelo entonces?

–Sí, claro –se levantó de la cama–. A ver cómo te lo podía haber dicho... «por cierto, Luke, no sé si te he dicho que estoy casada. Mi marido me pega, pero ha accedido a pagar los gastos de la enfermedad de mi madre si no se lo digo a nadie» –hizo una mueca–. Sí, seguro que habría funcionado.

Luke no pudo aguantar más. Tiró de ella para que volviera a sentarse, y la besó en los labios.

–Lo siento –se disculpó–. Lo siento. He sido un imbécil. ¿Me perdonas?

Oyó que contenía el aliento, pero no se apartó, y a pesar de que solo pretendía pedirle perdón, la situación se tornó un asalto hambriento a sus sentidos. Hacía semanas que la había tenido en sus brazos, pero la sensación era tan maravillosa que no quería dejarla ir.

Haciendo caso omiso del dolor del brazo, la tumbó sobre las sábanas revueltas y la cubrió con su cuerpo. Los finos pantalones de algodón que llevaba no ocultaron su potente erección, que encajaba perfectamente entre sus piernas.

Ella bajó una mano y la deslizó dentro del pantalón.

Cómo la deseaba. Dios, cómo quería estar con ella. No solo en aquel momento, sino para siempre. ¿Tenía derecho a sentirse así, cuando podía quedar inválido para el resto de su vida?

¡No!

Estaba a punto de perder el poco respeto que aún sentía por sí mismo, así que se separó de ella y quedó tumbado boca arriba a su lado, intentando recuperar el control.

Cuando la respiración recuperó la normalidad, se incorporó y con la ayuda de la muleta volvió despacio hasta el buró.

Por fin consiguió abrir el cajón, y sacó una carpeta con documentos.

Con ella en la mano volvió a la ventana.

Capítulo 17

LUKE... ¿por qué te sientas allí?

–Porque no puedo fiarme de mí mismo si me siento a tu lado. Abby, por mucho que desee estar contigo, no voy a permitir que ocurra.

Ella se sentó.

–¿Qué es lo que no va a ocurrir?

–Tú. Yo. Nosotros –bajó la mirada–. Te habrás preguntado por qué te he hecho venir hoy.

Abby frunció el ceño.

–Creía que porque habías recuperado la cordura.

–Bueno, en cierto modo sí, aunque seguramente no como tú piensas.

–Continúa –le dijo, aunque sospechaba que no iba a gustarle lo que tenía que decir.

Luke sacó unos documentos que parecían oficiales.

–Supongo que tendría que haberle pedido a mi abogado que lo hiciera él, pero tenía tantas ganas de verte que decidí hablar yo mismo contigo.

–¿Hablar conmigo de qué? Si tiene algo que ver con el accidente...

–Sí. Aparte de las heridas que se ven, cabe la posibilidad de que no recupere del todo la movilidad de las piernas.

–¿Y? –parecía confusa–. Ya sabes que estaré ahí para ti pase lo que pase.

–No –el tono de Luke era áspero–. ¿Es que piensas que quiero que te pases el resto de tu vida cuidando de un inválido? Podría tener que estar mucho tiempo en silla de ruedas, y no quiero eso para ti.

–¿Y lo que quiero yo?

–Abby, sé que tienes buena intención, pero no se puede tomar esto a la ligera. No te he hablado de las demás secuelas.

–Sé que tuvieron que operarte de la cabeza para detener el derrame cerebral. Tu padre me dijo que todo había salido perfectamente.

–¿Y qué sabe él? –preguntó con impaciencia–. Con esa clase de tratamiento siempre hay dudas.

–Pero la cabeza te funciona perfectamente –insistió–, y tú lo sabes.

–¿Y si tuviera una recaída? ¿Y si me quedo paralizado, o aún peor?

–Pues nos enfrentaremos a lo que venga. No seas pesimista, Luke. Nadie sabe lo que le espera a la vuelta de la esquina. Ni siquiera yo.

–Lo cual es muy valiente por tu parte, pero tienes que ser práctica –bajó un instante la mirada a su vientre–. Ya vas a tener mucho de lo que ocuparte cuando nazca el bebé, y yo solo sería otro problema más.

–¿Y no crees que es más importante para el bebé... para nuestro hijo, poder conocer a su padre? Luke, el bebé te necesita. Yo te necesito, y te quiero. ¿No es bastante?

Luke bajó la mirada a los papeles que tenía en la mano.

—He hecho algunas disposiciones para ti y para el niño. Ahora te las leo.

—Luke...

—Pero antes, quiero decirte que lo del derribo sigue adelante, pero he hecho algunos cambios en mi proyecto original, y creo que te gustarán.

—No deberías estar pensando en esas cosas ahora.

—Habrá un supermercado, pero he decidido construir un centro comercial de tiendas individuales que se una al edificio principal —hizo una pausa—. Por su puesto tanto tú como los demás inquilinos tendréis la opción de alquilar una de esas unidades —desplegó un plano sobre el asiento del alféizar—. Esta es una copia de los planos que se han presentado al comité, y por supuesto, podréis verlos antes de que se tome ninguna decisión.

—No tenías por qué hacerlo —protestó.

—Sí que debía hacerlo. De hecho, había tomado la decisión ya antes del accidente. También quiero que los alquileres sean asequibles, lo cual espero que complazca a tu amigo Hughes.

—No es mi amigo —replicó—. Pero tienes razón: pensará que ha ganado.

Luke la miró.

—¿Crees que me importa lo que piense? No lo hago por él, sino por ti. No quiero quitarte tu modo de ganarte la vida, por si acaso no quieres aceptar mi ayuda.

–¿Qué ayuda?

–Ya llegamos a eso –respiró hondo–. Espera un momento.

Pero Abby se acercó a la ventana y se sentó a su lado. Luke se movió un poco para no rozarse con ella.

Abby miró los planes y vio lo que Luke le había descrito. Era una mezcla perfecta de antiguo y moderno. Un estilizado supermercado acompañado por una fila de tiendas individuales y más tradicionales.

–Así que esto es lo que has estado haciendo...

–Mi arquitecto, no yo, pero puedes decirle a Hughes que las tiendas que con tanto interés quiere conservar, no tenían la categoría necesaria para gozar de protección arquitectónica.

Abby hizo una mueca.

–Eso ya me lo imaginaba –dobló los planos y los dejó a untado–. Gracias. Va a ser un alivio enorme para todos.

–Bien.

–De acuerdo –respiró hondo–. Ahora, hablemos de nosotros dos. Porque digas lo que digas, tenemos un proyecto en común.

–A eso voy.

–Espero que no pretendas comprarme.

–Yo no lo diría así, pero quiero hacer lo que sea mejor para el bebé y para ti.

–Yo también.

–... y asegurándote protección económica, no me sentiré tan mal porque tengas que estar sola.

Abby frunció el ceño.

—¿Cómo que sola?

—Pues eso. Que yo voy a estar solo, aparte de Felix, claro. No creo que me dejara ir ni a la vuelta de la esquina sin él.

Abby casi no podía mirarlo.

—Pero yo no tengo ese derecho. ¿Es eso lo que me quieres decir? ¡Por amor de Dios, Luke, dijiste que me querías! Voy a tener un hijo tuyo. ¿Es que eso no significa nada para ti?

—¡Pues claro que significa! —replicó, y la frustración dejó paso a la ira—. ¿De verdad crees que esto es lo que quiero, irme a vivir a algún país perdido de la mano de Dios donde no conoceré a nadie? —con gran esfuerzo se puso de pie—. Pero no puedo quedarme aquí, estando tú tan cerca. Hubiera querido que te casaras conmigo, pero ahora eso sería darse un gusto que no me puedo permitir.

—Entonces, no te lo des, pero deja que lo haga yo —se levantó también—. O que se lo de tu hijo —añadió, tomando su mano para ponérsela en el vientre—. Te necesito. Los dos te necesitamos. ¿De verdad estás decidido a negar que tú también nos necesitas?

—Conoces la respuesta a esa pregunta tan bien como yo.

—Entonces, ¿por qué esas dudas? ¿No te das cuenta de que juntos nos enfrentaremos a los problemas que puedan venir? Nada es fácil, Luke, pero mientras nos tengamos el uno al otro, nada podrá separarnos.

–¡Pero tú no te mereces esto!

–Tú tampoco.

–Después de la vida que tuviste con Laurence, no quiero ser una carga para ti.

–No podrías serlo aunque lo intentaras –susurró, rodeándolo por la cintura y besándolo levemente en la boca–. Quiero vivir contigo. Quiero compartir mi vida contigo, y me importa un comino si nos casamos o si no, mientras no me apartes de tu lado.

Luke apretó los dientes.

–Eso es lo que debería hacer –contestó, pero ya no parecía tan seguro como antes.

–Lo que deberías hacer es hacerme el amor –respondió ella–. Dime si te atreves que no tenemos futuro juntos.

Un buen rato después, alguien llamó a la puerta del dormitorio.

Luke, que había estado profundamente dormido, se desperezó. Había un muslo suave junto al suyo y se volvió a mirar. Abby también se estaba despertando. Con el pelo desparramado sobre la almohada y los pechos pegados a su brazo, estaba increíblemente sexy e increíblemente hermosa. Y su sonrisa era tan feliz que, aun a riesgo de romper aquel maravilloso momento, le dijo con voz entrecortada:

–Dios, cuánto te quiero. ¿Cómo demonios voy a dejarte ir?

–Es que no lo vas a hacer –respondió ella, besándolo en la mejilla–. Pero ahora lo mejor será que vaya a ver quién llama, no vaya a ser que piensen que te he secuestrado –se levantó y se puso la túnica–. Debe ser tu ama de llaves, que antes me dijo que iba a traer un té.

–¡Té! Necesito algo más fuerte si te voy a pedir que te cases conmigo.

Abby iba ya hacia la puerta, pero se detuvo y se volvió a mirarlo.

–No puedes decir algo así y esperar que yo no responda –susurró, mirándolo.

–¿Y bien? –inquirió, apoyado en los codos–. ¿Qué piensas hacer?

Volvieron a llamar a la puerta.

–¡Demonios, Luke! –respondió ella, e ignorando la llamada, volvió a la cama.

–¿Tú te crees que esa es manera de contestar a mi proposición?

Abby tomó su cara entre las manos y lo besó en la boca.

–Pues no, pero la respuesta no varía, y es sí.

Temblando le dejó que volviera a tumbarla en la cama, cubriera su cuerpo con el suyo y la besara en la boca hasta hacerla gemir de placer.

Y quienquiera que estuviese al otro lado de la puerta, decidió que el té ya no era necesario.

Epílogo

ERA ya última hora de la tarde cuando Luke llegó a la verja de la casa de campo que Abby y él habían comprado hacía poco menos de un año.

Cuando su monovolumen tomó el camino cubierto de hojas y los muros de la casa cubiertos por la glicinia aparecieron ante ellos, Abby pensó una vez más la suerte que tenían de poder disfrutar de un sitio como aquel. Nada de una casita como ella se había imaginado en un principio sino casi un palacete con media docena de dormitorios y de cuartos de baño, e incluso un ama de llaves y un jardinero, su marido, que cuidaban de la casa todo el año.

Luke paró el coche sobre la grava y Abby miró hacia atrás. Su hijo de año y medio, Matthew Oliver Morelli, estaba dormidito en su silla, con Harley sentado a su lado con el cinturón de seguridad puesto.

–¿Crees que nos dejará sacar el equipaje antes de pedir su derecho a intervenir? –preguntó Luke, sonriendo.

–Seguro que a Harley no le importará –bromeó–, siempre que la señora Bainbridge de dé algo bueno de cenar.

–Yo sí que quiero algo bueno para cenar –comentó él, besándola en la boca y lamiéndole los labios antes de separarse–. ¿Crees que será posible?

La respiración de Abby se aceleró. Dos años casados y en cuanto él la tocaba, se derretía.

–Si tu hijo se duerme después del baño, a lo mejor puedo ayudarte, pero no te prometo nada.

Luke le dedicó otra caricia antes de abrir la puerta.

–Es usted incorregible, señora Morelli. Mira, ahí está la señora Bainbridge. Justo a tiempo.

La mujer, que rondaba los sesenta años, los saludó desde la puerta con una sonrisa. Siempre parecía contenta de verlos, y su hijo les había robado, a su marido y a ella, el corazón.

–¿Han tenido buen viaje? –preguntó, al tiempo que sacaba la bolsa del bebé del maletero.

Abby soltó a Harley.

–No ha estado mal –respondió–. El tráfico no ha sido demasiado malo. Pórtate bien, Harley –le dijo al perro, que salió corriendo a saludar al señor Bainbridge, que estaba recortando el seto de la propiedad–. ¿Cómo está, señor Bainbridge? Trabajando duro, ¿no?

–En ello estamos, señora Morelli –contestó, acariciando a Harley.

–Acaba de tomarse un té y un rollito de canela –dijo su mujer–. Ahora que ha contratado usted a ese chico, a Sam, para que lo ayude, no se cansa demasiado.

Luke se bajó del coche y estiró la espalda con

alivio. Aún le dolía la pierna derecha cuando pasaba mucho tiempo en la misma posición, pero su recuperación había sido casi milagrosa. Su padre decía que Abby era quien había obrado el milagro, y adoraba a su nuera. Cuando estaban en el campo, solía ir a verlos con frecuencia.

–Qué maravilla de tiempo –dijo Abby, caminando tras la señora Bainbridge hacia la casa–. En Londres estaba lloviendo.

Luke las siguió con el niño en brazos.

–Londres... qué horror –comentó la señora Bainbridge, atravesando el vestíbulo hacia las escaleras–. Siempre le digo a Joe que deberían ustedes venirse a vivir aquí. Ahora que el señor Morelli trabaja con frecuencia desde casa, no tendría por qué ir a la oficina todos los días.

Abby sonrió. Ya era así. Luke había delegado en sus directores y dado que todo funcionaba satisfactoriamente, podía dedicarles más tiempo a ellos. Incluso su padre les había animado a que contratasen una niñera para que dispusieran de más tiempo para ellos.

–Necesito darme una ducha –comentó Luke en cuanto entraron en la alcoba, y dejó al niño sobre la alfombra para que pudiera desplazarse a gatas–. ¿Te vienes? –le preguntó a la madre.

–No estaría mal, pero tu hijo necesita bañarse y cenar antes.

–¿No podría ocuparse la señora Bainbridge? Ya sabes que le encanta tomar las riendas.

Abby sonrió.

–No es la única –respondió, sujetando al niño que quería escapar–. Pero vas a tener que bajar a charlar con Joe mientras yo termino.

–A veces pienso que deberíamos traernos a la señora Darnley –contestó, refiriéndose a la niñera que tenían en Londres, lo que le valió una mirada severa de Abby.

–¿No querías que estuviéramos aquí los tres solos? Aunque si prefieres que venga, y que desayune, coma y cene con nosotros, puedo llamarla ahora mismo...

Pero su marido ahogó lo que fuera a decir con un abrazo que rodeó a madre e hijo.

–Ni se te ocurra –murmuró, y Matthew le empujó con una manita gordezuela.

–No, papá –dijo, usando dos de las palabras que formaban parte de su limitado vocabulario.

Abby se echó a reír.

–¿Ves? Ya tienes la respuesta. Anda, ve a molestar a otros mientras baño a Matthew.

El agua de la ducha estaba cayendo cuando Abby abrió la puerta del baño. Su hijo dormía profundamente en su cuna, y tras quitarse toda la ropa excepto la braga y el sujetador, se asomó a la ducha.

Luke la vio de inmediato.

–Entra –sonrió–. Te estaba esperando.

–Espera, que me desnudo –contestó, pero Luke tiró de ella.

–Yo lo hago –le dijo. Con un rápido movimiento

le desabrochó el sujetador y bajó las manos acariciando sus costados hasta llegar a sus braguitas de encaje.

–Mm... creo que tú también me estabas esperando –susurró, hundiendo una mano entre sus piernas.

–Es el agua de la ducha –protestó ella.

–El agua de la ducha no llega donde yo estoy llegando –dijo, deslizando dos dedos en su vagina–. Estás caliente y mojada. Me gusta –continuó así un instante más, pero no tardó en quitarle las bragas–. Dios, cómo te deseo –murmuró, dándole la vuelta y apoyándola en la pared de cristal.

Estaba completamente excitado, y fue bajando las manos sobre su pecho, cada vez más abajo, hasta que la oyó gemir.

–Espera –dijo Luke, vertiendo un poco de gel en su mano.

Ella tomó una pizca y deslizó su mano entre las piernas de él, que gimió de nuevo.

–Abby... ¿tienes idea de lo que me estás haciendo? Ten compasión.

Ella se rio, y él, a pesar de la debilidad que aún tenía en la pierna, la levantó contra la pared de cristal y la penetró hasta que no pudo más.

Estaba preparada para él, y casi lo lamentó cuando su cuerpo empezó a sacudirse. De inmediato sintió la respuesta de él.

Hubiera querido prolongar la excitación, pero con una embestida final, ambos llegaron al orgasmo.

Cuando la dejó en el suelo, ella seguía temblando, pero Luke no había terminado aún: se echó otro poco de gel en la mano y masajeó sus pechos y el valle entre sus nalgas hasta que la sintió temblar de nuevo.

Aquella vez decidió aclararla y llevarla en brazos a la cama, donde volvió a hacerle el amor sin importarle que estuvieran mojados, con toda la intensidad y la urgencia de su primer encuentro.

Ya después, cuando Abby permanecía tumbada, agotada de placer, él le dijo suavemente:

—Te quiero, señora Morelli. Mi amor por ti se hace más fuerte cada día que pasamos juntos.

Abby se abrazó a él.

—Yo también te quiero, señor Morelli —dijo, y lo miró a los ojos—. Sospecho que te he querido desde aquella noche del bar.

—Entonces menos mal que te encontré. No puedo soportar la idea de que te hubieras casado con otro.

—Imposible —sonrió, y él suspiró hondamente.

—¿Sabes? Fue absurdo pensar que podías ser mi amante, porque estás hecha para ser mi mujer.

Una seducción sin remordimientos...

A Bastiaan Karavalas le encantaba la emoción de la caza. En aquella ocasión, su presa era la tentadora Sarah Fareham. Desgraciadamente, aquella seducción no sería solo por placer. Ella representaba una amenaza para su familia y debía ocuparse de ella.

Sarah soñaba con convertirse en cantante de ópera, pero tenía que ganarse la vida como artista de un club nocturno, superando sus inhibiciones y ocultándose bajo el sensual personaje que representaba en el escenario, Sabine Sablon. Sabine se convirtió en su única defensa contra el sugerente acoso al que la sometía Bastiaan...

DUETO DE AMOR
JULIA JAMES

Deseo

DECLAN

Espiral de deseo

JENNIFER LEWIS

Declan Gates, el muchacho sin futuro en otro tiempo, era ahora un próspero millonario, y Lily Wharton lo necesitaba para que la ayudara a recuperar la casa de sus ancestros. Pero Declan no tenía ninguna intención de sucumbir a las súplicas de Lily; se quedaría con la casa, se haría con su negocio y después se la llevaría a la cama… algo con lo que llevaba muchos años soñando.

¿Sería posible que el simple roce de los cálidos labios de Lily le hiciera olvidar sus despiadados planes?

Solo podía pensar en vengarse de ella, pero quizá su belleza consiguiera aplacar su ira.

Bianca

Una aventura prohibida, ¿para siempre?

Cinco años antes, Abby habría dado cualquier cosa por ser la amante de Luke Morelli. El sabor de su boca y el calor de sus caricias le ofrecían un refugio. Pero el amor de Luke quedaba fuera de su alcance porque ella estaba casada con otro hombre…

Ahora Luke había vuelto. Eso sí, sin haber olvidado la traición de Abby, y decidido a hacerle pagar caras sus mentiras. Libre por fin de su marido, solo había un modo de hacer las paces. Una aventura habría sido imposible entre ellos tiempo atrás, pero ahora Abby estaba disponible y podía hacerla suya.

FURIA Y DESEO
ANNE MATHER